AQUARIUS

AQUARIUS

AQUARIUS

AQUARIUS

每個人心中都有一座島嶼，
藉文字呼息而靜謐，
Island，我們心靈的岸。

泡沫戰爭

高翊峰

〈導讀〉

未成年的想像共同體

讀高翊峰《泡沫戰爭》

陳芳明（政大台文所教授）

想像力極其豐富的高翊峰，完成《幻艙》與《烏鴉燒》之後，又完成一本長篇小說《泡沫戰爭》。很少有一位小說家如此偏愛幻想自己成為頑童的一員，嘗試從年幼的心靈看待這個世界。整個故事設定在一個叫做「新城」的社區，忽然在一夜之間，由小孩來接管。放眼台灣文壇，似乎從未出現這種文體，既不像頑童歷險記，也不像哈利波特，完全讓一群心智尚未成熟的兒童，來取代社區裡的成人角色。在故事中的許多段落，看來是如此虛幻。但是，敘述過程卻又好像如現實那般。他們有成人世界的圓熟思考，在處事之際卻又不脫稚氣。整本小說讀來，虛虛實實，既是魔幻，也是寫實。

這是一種解釋型的故事，但也不是屬於典型的後設小說。作者似乎要告訴我們，每個成人的內心都住著一個小孩。或反過來說，每個小孩都渴望變成大人。故事的敘述節奏非常快，時間的速度卻很慢。那是從夏日枯水期，橫跨颱風季，終而進入秋末初冬的事件。如此漫長的時間過程中，山裡的一個社區被小孩子佔領，卻又沒有驚動外面的世界。好像孤立地從社會脈絡中抽離出來，單獨發展出一個荒謬而合理的故事。這個叫做新城的社區長期缺水，向公家機構申請水管，遲遲未獲得回應。對於水的焦慮，使一群小孩感到不耐，他們下定決心接管社區的管理委員會。他們成功佔領了社區管理室，故事於焉展開。

這本小說非常具有高翊峰的特色，他容許許多幻想都像事實那樣，不僅有時間感，也有合理性。他的遣詞用字，有時近乎寫詩的境界，帶著美感，充滿跳躍切斷的句子。他書寫的最大祕訣，便是讓體內的一顆童心完全不受拘束，勇於幻想，敢於動用周遭所有的生命。包括植物、動物、鬼魂，在他筆下都可供差遣驅使。生命與幽靈之間可以互相出入，具有和諧與矛盾的辯證關係。虛實相間的書寫方式，使故事的空間無形中加寬加大。如果沒有赤子之心，就不可能完成富有叛逆與反抗精神的敘事。

高翊峰到底要傳達怎樣的信息？缺水缺電，是我們這個海島的自然性格，能源議題始終是世世代代的共同焦慮。小說特定選擇在孤立的社區發生事件，必然有他的微言大義。

如果放大來看，社區的故事就是台灣歷史的縮影。當年輕世代對掌權的成年人感到不滿時，自然會情不自禁萌生奪權的欲望。小說中的主角高丁率領一群小孩，進入社區管委會質疑主委。被槍擊死亡的主委，仍然還是以鬼魂的姿態回到人間。故事就從這裡開始，他們禁止所有的大人進出社區，不容許他們上班，也不容許他們與外面的世界聯絡。剎那之間，社區立即變成烏托邦。他們首先要解決水的問題、吃的問題，以及權力接班的問題。

高丁扮演發號施令的首領，把社區所有的小孩組織起來。一方面建立門禁，一方面也維持社區秩序。在社區裡，年齡分成三個階層，一是未成年，一是成年人，一是老年人。當小孩子負起種田的責任時，他們動員老年人加入勞動的行列。這些老人的心靈比較接近小孩，不像成年人那樣對任何事情都很冷漠。

但是，在高丁的組織之下，所有的社區人口都投入不同性質的工作。分工的方式近乎公社組織，不同年齡層，依照體力的差異分配工作。成年人負責飼養肉雞，清掃雞舍，整理落葉，腐葉堆肥，使日常生活井然有序。

高翊峰的想像力尤其豐富，常常會有別出心裁的情節。小說裡其中一個重要主軸，便是小孩必須與社區四周的野狗對抗。寫到小說末端，在一個停電的晚上，有些小孩的背影竟然被野狗叼走。背影被叼走的後果是什麼？社區的老人說：「失去背影的孩童，會一輩子容易恐懼，即便他們長大了，也會變得膽怯懦弱。」這是台灣民間鄉野傳說的變形，小孩子被魔神掠走，就會失魂落魄。這些突如其來插入的枝節，為整個故事添加更多的神祕與奧妙。

《泡沫戰爭》的命名，非常童話。故事始於孩童的的吹泡遊戲，終於所有的想像都變成泡影。這是一部小孩擬仿大人的寓言小說，刻意讓成人幼稚化，也使兒童成熟化。高翊峰構思這部小說時，太陽花學運還未發生，反核運動的被驅離事件也未曾出現。讀完小說後，卻驚覺好像預言了即將發生的事件。有些場景，與當代社會的新聞事件非常雷同，恍惚中，好像經歷了二〇一四年三月至四月的群眾運動。那些掌握權力的成人，往往是優柔寡斷，貪生怕死；而敢於衝撞的年輕反對者，懷抱著巨大夢想，充分展現他們的紀律與智慧。青年世代，往往不易受到年長者的祝福，最後都換來他們的蔑視與詛咒。

高翊峰的小說，當然不是用來對號入座。然而，文學的想像力無遠弗屆，隨時隨地會釋出一定的效用。沒有任何針對性的作品，有時可能巧合地對應了現實世界的動蕩起伏。這本小說，不時出現B. B. Call用語，顯然是以二十年前的歷史記憶為背景。但是，小說一旦描述真實的人性，就難以受到時空的限制。任何時代，任何地方，凡是涉及人性處，便會觸及心靈底層的沉淪與昇華。無論是幼年、成年或老年，都不免具有無可掩飾的幽暗面。一旦與權力掛勾時，人性的邪惡便坦露出來。小說中的少年，是具體而微的人性演出。帶著小小恐懼、微微喜悅讀完全書，不能不為高翊峰捏一把冷汗。在某些轉折處，覺得他可能無以為繼。但他終究能夠完成漂亮的翻轉，寫出這樣一部未成年的想像共同體。

二〇一四年四月二十八日　木柵

「如果我們沒有在小孩子的時候死去，就只能慢慢長大。之後，我們就會慢慢變成大人，慢慢地，變成不能解決問題的大人……」高丁記得，自己確實說過這段話。但他已經忘記，是告訴了社區裡的哪一位孩童，也忘了是哪一位玩伴回答他說，「所以，我們不能一直等下去。我們要立刻變成大人，是嗎？」

那天，剛下過雨，不像午後打盹時的短暫夢兆。不管體重多輕的孩童走過防撞地墊，雨水都會從人工纖維孔吃回來，咬濕一雙雙深藍色的牛頭牌布鞋。所有孩童的嘴頰，很容易就出現微笑角落。潮濕的遊樂場裡，聚集了很多同年齡的孩童。有兩位小男孩分別騎走了彈簧紅馬和塑造的藍色吉普車。最受大家歡迎的盪鞦韆，不知為何，沒有人坐在上頭，卻搖擺不定。一位小女孩的脖子，卡在繩索梯子格裡，她沒有哭，只是靜靜等待，會不會有別人的父母發現。但社區遊樂園裡，已經沒有成年人了。另一串小孩，假裝被一隻只剩下單邊翅膀的虎頭蜂，集體趕入可以穿過時光的紅色塑膠甬道。比較大一些的孩童從入口這邊鑽進去，從尾巴出來的時候，卻是另一個比較年幼的孩童。

高丁記得，喉管深處時時乾裂得想要咳嗽的癢，已經好一陣子沒再湧到舌根。他坐在蹺蹺板的這一頭，對面坐著一位不知道住在哪一路的孩童。當那孩童被抬起的時候，向高丁提出了另一個問題，「為什麼我們不能像社區外的小孩，就像一個小孩那樣說話；就像他們一樣，過一個小孩的生活呢？」

應該只是一個無心的問題吧。

一直到這年這個月初的這一天。社區遊樂場裡沒有任何一位兵團孩童在玩樂。高丁獨自坐在蹺蹺板上，看著鄰路的大王椰子樹上，成群的麻雀，但卻沒有一隻願意先開口嘰嘰喳喳。他伸手觸摸腰間皮帶上的B. B. Call。這個黑色小盒子已經很久都沒有鳴叫，也沒有震動，但高丁的耳朵還是可以聽見心底震動了好一陣子的念頭——如果有機會長大，不管最後成為哪種成年人，他都不想忘記自己那天說過的話，還有孩童們提出來的問題。

「是吧？」高丁說出聲音。

他等著，沒有聽見身後任何聲音回應。蹺蹺板那頭沒有人坐下來，但高丁卻被慢慢抬高，緩緩地靠近天空。他沒有回頭，往後仰頭，從樹幹枝葉的縫隙裡發現另一片天空，可以接連到社區進出口警衛亭那邊的天空。

大門警衛亭看見的天空，是很久以前的藍底、是很久以前的白棉雲團。

清晨走近了，但氣溫還是把汗壓在皮膚底下。在那些畫上去的藍底白雲之間，飄著搖著抖著，數不清的泡沫。有些是單顆氣泡，有些是黏在一起的連體嬰。它們長出多餘的腳，站在一片提前乾燥的楓葉上。有些泡沫連成三顆頭顱的綿羊，風一吹，它們吃足空氣的肚子，就從早升的光亮裡借來一身彩色的皮毛。當過多的泡沫在風中聚集，它們會生成青蛙背上馱著的卵，在空氣裡發炎，燒出報廢的汽車、管制進出的柵欄、橢圓形噴水池的地磚、柏油路面和筆筒樹表皮的菱角顏色。其中有一顆卵泡沫，被另一陣風吹散，飛落到值班警衛的臉頰邊。他一打瞌睡，動作撞破了這顆卵泡沫，孵化出落雷不小心跌倒在地面的滾動聲。

這麼早的清晨，就連每天固定遛狗晨走的老犬人，都還沒出現。接著，又是幾聲重物倒臥的巨響，從不遠的後山翻過坡頭，悶悶麻痺了進出社區警衛亭周邊路面。一路口、二路口，以及通往其他社區道路的三叉路口，分別湧來一群群的孩童。值班警衛睡眼惺忪，瞇眼看著這些住在新城社區的孩童。他們都拿著塑膠製的玩具武士刀、泡棉箭頭的彈簧弓箭、忍者佩掛的長短刀、星星飛鏢、百獸王的盾牌和霹靂貓的爪子，幾個個頭小一點的，還戴著北海小英雄的牛角帽。這些孩童在有幾艘外星飛碟降落的噴水池旁空地，整齊列隊站成十排。草叢裡，無數蚱蜢蝗蟲的後腳磨齒梭羅，拉出孩童推擠整隊的窸窣。社區的雜貨店裡，還在等白天來換班的單身老闆娘，從櫃檯探頭出來看這些孩童，也是一臉茫然。

一位精瘦結實的孩童，站在孩童隊伍前頭。警衛認出他，是社區水電員高先生的長子，高丁。從電線桿上跳到雜貨店一樓屋頂的，是定居在社區樹屋的皮皮，他的肩上還盤著那隻死了父母的小松鼠。接著，退休大學電機系教授的兒子小金波、剛跳三級直升大學的天才女孩豆子，以及智利父親與台灣母親混血生出來的肉彈，也滾動一百七十公分高的壯碩身體走出隊伍。最後，是高丁沒有血緣的弟弟二丁，雖然有點怯懦、個頭也小一號，但也跟著站到隊伍面前。

警衛聽見，高丁向孩童隊伍介紹，這幾位站到隊前的，是跟隨他的五人小組，是兵團的指揮系統，大家有事可以通知他們。他另外也請各路小隊推舉出來的小隊長，站到隊伍的第一順位，先彼此認識，方便溝通。

昨晚還留在柏油路面的夜的涼感，扯落高丁之後說出的安排吩咐。等高丁不再說話，肉彈站在隊伍中央，喊出巨響一樣的報數。每一列隊的領頭小隊長，從一路小隊報數到十路小隊。

「各路小隊長，一會分別帶開，我們按照計畫，開始行動。」

飛碟噴水池廣場是進入新城社區的第一個空曠處。廣場邊上是接連三個店面的一樓式水泥建屋。高丁發完號令，水泥屋頂上的皮皮，率先爬上電線桿。那隻孤兒松鼠跑在前頭，四隻腳快速奔跑在垂出微笑的電纜繩上頭。等皮皮踩上同一條電纜繩，跑到中央時，微笑的曲線顯露最大。

高丁扛起一把黑色自動步槍，嚇了值班警衛一跳。警衛以前看過。那是一把填充ＢＢ彈的玩具空氣步槍。他記得，一位也住在二路的孩童，在玩遊戲時，被高丁失手射瞎了右眼。對方家長沒有要求賠償，也沒有要高丁右眼也失明，作為償還。社區水電員高先生上門致歉之後，這件意外就被姑婆芋的綠葉包裹起來，埋入管委會的調解記錄本，慢慢腐爛，被吃紙的蟲裹腹。但這把仿真比例製造的玩具空氣步槍，應該被鎖在管理委員會的遺失物保險庫才對。值班警衛睡眼惺忪搖頭晃腦，一時間沒有發現瞎眼孩童，隨後才在肉彈的身後看見戴著海盜眼罩的單眼孩童，站在二路小隊的排頭。

高丁走往一路。皮皮站在上方的電纜繩。豆子、小金波跟在後頭。路邊一排榕樹，被修剪成雨傘。二丁沒有像往常一樣，跟在高丁後頭。他晃進雜貨店，東張西望許久，才抽出插在褲背的一把左輪手槍，連動扣鎖扳機，擊發一串薄皮火藥的巨響。一隻白煙四腳蛇，纏繞玩具左輪手槍。二丁扯斷那蛇身的四條腿，牠真的蛻皮成蛇，死了也不肯煙霧消散。甩不開，二丁只好扳開左輪，換上新的一圈紅輪火藥，把雜貨店老闆娘嚇得坐倒在櫃檯後頭。警衛聽不見二丁說了什麼，只看見老闆娘雙手舉成人質叉子。她慢慢退出雜貨店，然後放下手，吐出一口無奈的懶氣，有點頹然走下雜貨店旁通往社區中央里民活動中心的階梯。

「別看她，你也是。警衛亭我們占領了，把手舉起來。」肉彈邊說，邊揉眼睛。眼角依舊擺著一顆米粒大的眼屎，堵塞著起床氣，「從現在開始，警衛亭由我們兵團來站崗。」

警衛聳肩，淡淡不以為然。肉彈反手搧了他一巴掌，響起一臉紅光光的厚肉手印。值班警衛擠眉弄眼，舒緩臉頰微量的疼與麻，但沒有說什麼。肉彈把玩具武士刀擱在警衛脖子上，一生氣，眼屎就長成了針眼，怎麼樣也揉不去睡意。

「我不知道你叫什麼名字。你叫什麼，也不重要。我再說一次，以後由我們兵團到警衛亭站崗，管制社區的進出。」

警衛恍惚，看一眼架在脖子上的玩具武士刀，輕輕放鬆肩膀，吐出了一口懶氣，「那現在，我要去哪裡？」

「回去你住的地方。」肉彈回答。

「做什麼？」

「通知其他兩位輪班的警衛，以後不用站崗了。今天，你們可以安心睡覺了，開心吧。以後你們的工作，分配好了，我們會再通知你們。」

「那社區的定點巡邏呢？」

肉彈被這問題梗塞了喉管。他看看其他編制在警衛小隊的孩童，不管拿著垃圾桶蓋盾牌的、褲頭插著空心雙截棍的，還是偷偷穿上交通義警閃亮背心的小隊員，全都睜大眼等待肉彈回答這個問題。

「都一樣，由我們負責社區的巡邏工作。」

「高丁沒說我們要做這個。」把竹竿頭綁成長矛的小隊員問。

「你要叫他首領，大家都一樣，從現在開始。當然，除了我。」

「為什麼你不用？」

「因為我是五人小組，可以不一定要叫他首領，不過我還是會叫他首領。首領的指示是，警衛小隊的工作，全部由我來安排。」

「那我們叫你什麼？」

「肉彈隊長。」

「為什麼？」

「為什麼？因為我個頭大。平常都是我在欺負人，有人想現在試試嗎？」

警衛小隊員，十幾個孩童都搖頭退後一步。

「那薪水呢？」值班警衛突然插話。

「兵團接手管理之後，也會處理。豆子早就想到你們一定會問這個。」肉彈的臉凶成一隻上場前的牛頭㹴。

「還有其他問題嗎？」肉彈追問。警衛頓了一會，只剩下搖頭。肉彈轉身對小隊說，「首領把工作交給我，我現在決定，新的警衛小隊要執行社區巡邏工作，負責巡邏的人可以騎百吉號。」

肉彈迅速指向停在大門警衛亭旁的速克達。那是一輛可踩踏啟動的水藍飛紋百吉50CC。像是大一號的腳踏車，身上有變形金剛機械人的拼裝外殼。沒有兩三個小孩是推不動的。百吉號雖然老舊，卻是所有社區孩童曾經夢見的藍色飛馬。每個警衛小隊員，全都舉手，要肉彈排進巡邏小隊。這時，警衛脫下頭上的帽子，撈出口袋裡的黃長壽和包葉檳榔。這兩個東西，都被揉壓變形。他走出警衛亭，走上噴水池的橢圓紅磚道，只有回頭一次，看了一眼肉彈，也消失在雜貨店旁的下坡階梯。警衛一離開，警衛小隊申請成為巡邏第一班次的唾液，激烈飛出，被風吹氣成新泡沫。當口水泡沫停落噴水池水面，瞬間在水面上破成一張張的魚嘴。波波波。這些微量的吵鬧，游出水位偏低的噴水池，立即吵醒了社區。

新城社區的管委會主委，每天也是被水族箱裡的氧氣機氣泡吵醒。他一醒來，第一件事就是穿上牛頭牌布鞋，站上滾輪式的跑步機，看著窗外幾公分之外、山腳下的城市，與幾條切割天空的山線，慢慢跑到三槍內衣褲都黏貼皮膚。簡單淋浴沖澡後，再換上自製的主委服。這件制服，是一次選擇候選人留下來的。主委把候選人的姓名拆除，原本想要繡上自己的名字，但覺得麻煩，最後並沒有這樣做。隨後，還冒著微汗的主委，就會從家裡散步到同樣靠近一路頭的管委會辦公室，先把前一天沒有人領收的掛號信與包裹，依各路進行分類。分類工作其實是另外一位住在五路的退休公務員的祕書工作，但為了明年可以再次連任，就算知道昨天沒有郵差送信，他也會提早到，餵盆栽喝水，看一下晨間新聞，直到祕書也從家裡走過來上班。

高丁一行人推開管委會辦公室大門時，只有主委在辦公室。

「現在還太早，管委會還沒有開始服務。」

主委背對著孩童們，只聽見開門聲腳步聲，沒有人回應，他才又轉身。

「小孩，你們有事嗎？」

皮皮不願意進辦公室，待在外頭的樹幹上警戒。高丁身後跟著小金波與豆子，他端起玩具空氣步槍，瞄準主委。

「我們要占領這個辦公室。」高丁說。

「天才剛亮，你們就在玩。」主委看見那把玩具槍，先叫了高丁的名字，才生出疑問，

「小朋友，這個玩具槍很危險，我已經沒收到倉庫，你怎麼拿出來的？」

「不要管我怎麼拿到的，你有沒有聽到，我們要占領這個辦公室。」

主委放下一只牛皮紙包裹，打開落地電扇吹涼。這時，一顆泡沫從門外飄進辦公室。主委和孩童們都看見了這顆會飄的泡沫。

「小朋友，你們占領這裡要做什麼呢？」

「不要叫他小朋友。高丁現在是我們兵團的首領。」小金波帶點憤怒說。

「好……高丁首領，你們今天玩什麼遊戲呢？」

「不是遊戲，我們要接手，管理新城社區。」

「管理社區？」主委語帶驚訝，但被那顆泡沫帶走一些注意力，停頓了一下，才生出成年人的憤怒，恢復成年人的口吻，「這是我的工作，什麼時候輪到你們這些小孩來管。豆子，這麼早就跑出來，不怕被罵嗎？」

豆子突然聽到話，靠近高丁，躲了半邊身體，只露出一隻眼睛。主委的微弱怒意，才一下子又被那顆在旭光燈下拐彎的泡沫給騙走。

「我問你，自來水什麼時候才能拉到社區？」高丁說。

「自來水拉管線上山，要縣政府水利局評估，也還要預算審核。如果都通過了，也要社區過半數居民簽同意書。每一戶也要看是公寓、階梯屋，還是透天獨棟獨院，埶不同的施工費……總之沒有那麼簡單，不是簡單解釋兩句，你們小孩就會懂的。你爸是社區水電，他沒告訴你嗎？」

「他已經跟你一樣了。」高丁冷靜說。

「那就是什麼都還沒開始、什麼都還停著？」小金波執著說著。

「我們已經提出申請多少年了呢？我知道，前兩年都有來勘查地形，測量坡度，還有蓄水池的水也送檢驗，不是一樣沒有任何進展？」豆子也撐起氣說。

主委啞口，無法回應這幾個問題，還沒完全平息的喘息，又弄紅了臉頰。

「我們要占領這裡，當作兵團的指揮室。」高丁說。

「不管你們要玩什麼遊戲，這裡是大人工作的地方。你們趕快出去，社區管委會不是你們可以來鬧的地方。」

主委拿起印有新城社區管委會字樣的棒球帽，揮動帽子驅趕高丁。高丁立即架槍瞄準的動作，讓他更加嚷嚷生氣。

「你那把槍早就沒有子彈。那些ＢＢ彈早就被我打到山腳下了，你拿什麼射我？玩具槍能打死人嗎？你們小孩占領這裡？說什麼夢話呢。」

「就是沒有子彈，才能打死已經長大的人。」

主委拿著帽子站起來，向前跨兩步。還用帽舌敲敲額頭，像小孩遊戲一樣挑釁高丁要瞄準好眉心。高丁分別看一眼小金波與豆子。兩人都微微點頭，高丁把槍一移，開始瞄準從天花板飄落下來的泡沫。泡沫跳著舞，準星也跟著滑出S軌道。主委往前再跨一步，泡沫剛好停在他的額角。高丁瞬間扣下扳機，撞針在槍膛擊發一聲乾澀清脆的響。主委瞬間閉上眼皮，帽子一驚也掉落地板。幾秒之後，他張開眼，沒有看見火藥的白煙，也嗅不到硝煙味。泡沫被射破了。主委摸摸額頭，沒有沾上任何濕氣，只有一抹淡淡的沙拉脫化學藥劑氣味。

「這就是你們的武器？這要怎麼占領管委會？」主委嘴角揚起驕傲。

高丁槍口指向天花板，端在腰間，慢慢說出，「你已經死了。管委會的辦公室，現在由兵團接管。」

呿。主委噓唏發聲。高丁走上前，撿起地板上的帽子，踮腳尖翻手把棒球帽戴上主委的頭。帽子立即從頭頂穿過主委身體，掉落在腳下的地板。主委這時皮膚一陣麻麻冷涼，發現身體已經躺平在後方的地板，醒著眼珠，不轉動地盯梢天花板。

是屍體。死了。小金波與豆子以眼神再次確認了這結果。

「你走吧。殺死你，也是接管社區行動計畫的一部分。」高丁說完，有點僵硬低頭轉動脖子，緩緩吐出一口氣息。他這麼做，是因為電視裡那些失意的布袋戲英雄，在難受時也會這麼做。

門外傳來皮皮的通報，說祕書來了。祕書推開門，看見辦公室狀況，有些錯愕，盯看躺在地上與還站立著的主委和他的靈魂，沒有大哭大叫，也沒有歇斯底里微笑。她只是一直皺著眉。高丁通知祕書，之後不用再來上班。管委會的工作，從收郵差送來的信件、派發到每一家的信箱，幫大家處理水費電費的抄表和繳納，以及打草、掃地和撈排水溝的落葉，全部都會由孩童兵團接手處理。祕書沒有多問，只是提問未來是否還能領薪水。高丁看一眼豆子，豆子回答，薪水一定會發，但是否給全額，要等兵團開過會，才會告訴她最後的決定。祕書聽完話，也像那些布袋戲人偶，緩緩斜下頭。

「不用做事，還能領到錢，這樣不好嗎？」小金波說。

「我公務員退休的……這樣沒有不好。這樣很好。」祕書微微點頭，但又不是很用力點頭。

「離開的時候，記得帶主委的靈魂一起出去。」高丁說。

主委呆呆發愣，不自主撫摸身體。他可以觸摸自己的靈體，花了一些時間，才漸漸接受自己已經死亡的事實。他跟上祕書，離開辦公室。他一走過皮皮站哨的樺樹，平角度的天空已經悄悄亮明，一個不留神，就落下太陽的重量。主委一抬頭，樹上的皮皮和他肩上的孤兒松鼠，都翻到更高的樹幹上。然後，祕書便慢步領著主委，走向他的住所。主委的腳，這一步忽然高、下一步又忽然拖地，彷彿他還在學習怎麼走路。

「豆子，就像你說的，只有他一個人會抵抗。不過也只有這樣而已。」高丁站在管委會門口說。

「大人要到死了之後，才會想起來，他們自己是小孩的時候，怎麼走路的。」豆子說著，但沒有特別要說給誰聽。

「皮皮，你剛剛為什麼往上爬？」高丁問。

「他死了，是鬼。」皮皮躲入樹幹。

「我們不能害怕，一害怕就可能哭。哭了，行動就失敗了。」

高丁吩咐皮皮，要他把主委已經剩下靈魂的訊息，傳遞給負責社區物資倉管的二丁、肉彈和各路小隊長。高丁要負責管理的孩童，下達命令給兵團的其他孩童知道，遇見了遊蕩的主委靈魂，不可以害怕。皮皮接到命令，轉身爬到更高的樹梢，讓青苔的露水打濕腳底肉繭，轉道電纜繩，順著滑行遠去，再接上另外一棵樹、另外一根電線桿。

「豆子，那接下來呢？」高丁問。

「把主委的身體，冰到雜貨店的冷凍櫃？」小金波提議。

「把他的身體冷凍之前，我們還要先完成另一個行動。」豆子說。

「豆子你會嗎？……好渴。」小金波說。

豆子試著吞嚥，但並沒有口液舒緩。高丁頓了一下，這才覺得有隻藍腳蜈蚣爬過喉管。那從胃就開始燃燒的乾燥的癢，開始爬上舌根、躺平在舌床上，一瞬間擰痛喉嚨，害他想要咳嗽。

「管委會辦公室應該有水。」

「這裡的水，乾淨嗎？」豆子說。

「至少跟家裡是一樣能喝的。」小金波說。

豆子看著首領高丁說，「水，我們真的需要水，只是乾淨的自來水。」

高丁抬頭尋找皮皮，想起了他吩咐的第一個行動指令。在這種無數蜈蚣腳尖在喉管裡爬著跳舞著的癢裡，他想像著這一天更早的凌晨，抬頭看見天空，那顏色應該跟夜裡的藍溪水面一樣，擱淺著很多深藍靠近黑的淤泥吧。

在更早時分，溪蝦還沒睡，天空還有深夜在打瞌睡的顏色。幾個呼嚕呼嚕，夜空就會飄出幾朵慢慢立體出形狀的雲。夜晚的雲，跟白天的雲，差在顏色，也差在重量。白天的雲輕一點，晚上的雲會比較靠近社區。那些夜裡的雲，多半習慣變成一顆炸彈，或者一隻兔子。

如果長出翅膀，就會拉成一座橋。如果沒注意就被繪成一朵花，接著就會轉出直升機的螺旋槳。兜兜兜。皮皮睡在樹屋的床墊上，就是被一輛太靠近的直升機螺旋槳，刮毛了耳朵，才突然刺醒起來的。他睜開眼睛時，都還能聽見螺旋槳飛回天空的遠去餘聲。蜷曲在布椅墊上的孤兒松鼠也被驚醒，一溜煙鑽進皮皮捲成巢的髮窩。皮皮還沒全醒過來，心頭就念著高丁的指令。他穿好衣褲，一樣光著腳，方便爬高時，腳肉可能黏緊被青苔包裹的滑溜樹皮。長長的腳趾，也能在電纜繩奔跑時，夾住防導電的塑料膠膜。皮皮拍拍髮窩裡的孤兒松鼠，正準備跳出樹屋小門，突然看見老犬人。這一天，天還沒發光，老犬人就出來遛狗了，比平常提前了很多。鍊在他手中牽著的狗，有十隻，有些是原本從外頭流竄到新城社區的棄養野狗，這些年下來，都乖乖地被他馴養了。老犬人盡力舉高手，每一次都像投降的人犯，避免長長的細鐵鍊，在社區夜梟無法站立的柏油路面，拖曳閃電路過的痕跡。趴跪在樹屋門檻時，皮皮也發現有一隻漆黑的野狗，跟蹤著老犬人。

清晨還醒著的路燈，把變電箱、修剪成火車廂房的花叢，和曼陀羅的大花朵都打出陰影，漆黑的野狗就躲在這些陰影裡，潛身移動，只在這輛車底縱跳到另一棵躺在柏油路面上的扁柏的一瞬間，刷出一身黑光的短毛。皮皮一看見那隻黑狗，不自覺摸摸臀部接連的大腿後側。那裡少了一整塊肉，皮膚凹成一坑肉窟窿。就前幾天，皮皮光溜溜趴在樹屋裡睡，一整夜之後，汗水和露水匯流到那坑肉窟窿，還積出一小灘水，直到孤兒松鼠趴著喝水時，皮皮才癢得起床。少了那塊肉，是多少年前的事。皮皮已經忘記，但他清楚咬下那塊肉的，跟眼下那隻野狗一樣，從鼻尖到尾巴尾，全都黑得像一塊柔軟的木炭，刺一下，就會被竹林裡的赤尾青竹絲迴身咬下一口肉。在白天甦醒的前一刻，有幾分鐘，整個社區會特別黑暗。黑色野狗站在大王椰子樹下，挺露前腳和鵝卵石堅硬的前胸膛。牠的下半身躲在陰暗處，隨著路燈拉扯出來的樹影，一直在路面拉長遊走。有地影的地方，都是牠身體的延伸。一陣偷偷爬進社區的地風，滾過大王椰子樹根基，老犬人養的其中幾隻狗，都嗅到特有的尿騷味。在牠們沒有戴上項圈的那段時光，黑色野狗曾經一一要牠們在牠撒了尿的乾葉堆裡打滾，標示牠們臣服的位階，以及圍捕蟒蛇或雉雞時的驅趕角色。現在，圈綁上牛皮脖環的牠們，很敏捷地背向老犬人，把他圍在中央，輻射向外成一個圓，對交織在橙色柏油路面的黑影咆哮鼻音。

樹屋裡的皮皮慢慢關上門，木板也害怕得嘎出緊張。黑色野狗下半身停止拉長，牠嗅到皮皮兩天沒水洗澡的體味，還有孤兒松鼠藏在他髮窩裡的堅果香。牠咬牙低嘷，跟著一隻被驚動的蚊子，飛入大王椰子樹的暗部裡消失蹤影。老犬人的十隻狗也一一仰看樹屋，直到空氣裡那股尿騷味完全淡化後，才鬆開條狀身體，慢慢搖高尾巴，繼續跟上老犬人的散步路線。等老管家繞一大圈藍鵲家族的棲息斜坡之後，他會繞過蔣公銅像腳邊，再從圓形溜冰場往上走，爬上通往雜貨店的階梯，再散步回到二路的公寓。這時候的天空還是發亮前的深藍。皮皮奔出樹屋，跳上楓樹，經過第二代藍鵲的新鳥窩，停在彎道反射鏡上頭，叫出躲在髮窩裡的孤兒松鼠，分吃小背包裡的杏仁果，再一起撲抱電線桿，沿著有電沒電的電纜線，在獨棟別墅與松樹柏樹之間，奔走到新城社區一路的制高點——小金波的住所。

小金波住家的二樓屋頂，有一座兩噸蓄水量的水塔。就在這個巨大的裝水彈頭旁，有一個奇怪的機器，形狀像是掛在警衛身上的鐵笛子，但它有汽車輪胎那麼大。這是小金波用社區工務隊報廢的吹葉機改裝而成的。它接連水塔的幫浦馬達，以此發電。怕吵醒小金波的電機教授父親，皮皮只在這個位置上輕輕跺腳，正下方二樓房間的燈就亮了。小金波探頭窗外，丟上一條綁著玩具保齡球瓶的童軍繩。皮皮就用這根童軍繩，把幾瓶沙拉脫洗潔劑拉上屋頂。他倒入一整瓶沙拉脫，再倒入一瓶水塔水，啟動幫浦馬達，這個改裝的吹葉機，立即吹出數不清的泡沫。

慢慢亮起來的風，躲在驚慌躲避的麻雀羽毛周邊，形成看不見的氣旋。皮皮站在制高點的屋頂上，發現一些淡藍色的風，為所有的泡沫插上羽毛，等空氣充灌羽管，無數的泡沫就開始飛往社區各路，通知行動確實要開始了。這些藍色的風，在兵團接管社區之後的頭幾天，沒有改變顏色。每天清晨差不多都是這個時間，風會為飄飛的泡沫插上羽毛，飛散到新城社區的各路頭尾。當泡沫敲了窗戶，就會破裂出管委會的起床廣播，社區的成年人都會陸續離開床。這個月初的占領行動當天，沒有起床廣播，遲至八點半，才陸續有父母發現孩子沒有賴睡在床，才一早走出門外。一同住在同一樓層的幾位父母，少有地觸按了隔壁鄰居的門鈴。家長們慢慢走出門外，聚合在樓層走廊或者樓梯間，彼此都很陌生，淡淡交流討論，才發現這棟樓的每一戶小孩都不在家。當成年人知道其他家的小孩也都不在家，他們又彼此都安心了些，有些家長又再回到房裡繼續入睡小眠。同一時間，已經有不少同棟公寓其他成年人，發現窗外飄浮著大量泡沫，不停騙取太陽的光澤，沒有因曝曬而破裂。就在其他公寓沒有生育小孩的成年人們開始刷洗漱口，或者拉襯衫領結找車鑰匙的上班前準備時，管委會的公用載客廂型車啟動了。

小金波抓握比身體寬兩倍的方向盤，擔任駕駛，豆子蜷縮座位中間。高丁坐在車窗旁邊，把一塊預錄好的卡式錄音帶按入車內音響，再生出轉動，又轉動出再生，從一路的小金波家門口，開始順著坡道往下前行。許多活過整個清晨的泡沫一路尾隨載客廂型車，牽引出一條噴射機留在天空的奶油。行進之間，車後拖曳著木頭重物的刮地聲。小金波一踩離合器，手排換檔。先是有點不順，但他很快就拿捏好父親口頭告知的方法，在離合器、油門與排檔桿之間，找到了孩童開車的順暢。

車輪停動兩秒，最前頭的泡沫就被廣播喇叭，震得四方飛竄，不停轟炸周邊的柏油路面，破成一次又一次重複循環的廣播：

新城社區已經由孩童兵團占領。從今天開始，由高丁和兵團的五人小組接手管理。社區從現在開始管制進出，大門的通道與後山小路，都已經被塑膠景觀樹堵塞，無法通車，也無法外出工作上班。我們會在今天寫信通知縣政府這次占領的行動，直到新城的自來水管線申請案通過為止。請社區所有成年人聽好，為了表達孩童兵團的決心，我們已經得到管委會主委兒子的原諒，殺死了他的父親，也就是各位選出來的社區主委。這是不得不的行動，我們很抱歉，也要請所有社區成年人能夠體諒。各位父母與老人，和剛變成大人的成年人，請全部留在家裡，等候兵團的通知。如果有事，請到管委會辦公室的兵團指揮中心找我們討論。謝謝所有新城社區的成年人。

新城社區已經由孩童兵團占領。從今天開始……

聽到這預錄播放內容，不少成年人都探出窗外，走到陽臺上觀看。車後地面上拖曳著一塊舊門板，主委的屍體緊緊綑綁在門板上。他的右手握著喇叭鎖，左手也用童軍繩纏繞在門軸，停在想要打開門卻扳不開的動作上，不像是表演，如此真實又帶點滑稽。彷彿這門一被屍體掀開，就會出現向下的階梯，可以穿過柏油路面，通往未知的地下世界。看見這樣的主委，睡眼惺忪、還沒有生孩子的成年人，多半都忍不住微笑了；已經甦醒的中年人，出現短暫的撲克牌臉，接著落入沉思。大部分的老人懶於聆聽，有些聳肩搖頭，直接撥下助聽器，回到重聽的症候。

一位已經穿好西裝褲、穿好短袖襯衫打上領帶的成年人，沒理會廣播的兵團通知，騎動偉士牌摩托車，奔奔，奔馳到大門警衛亭。肉彈沒有壓起柵欄放行，挨著玩具武士刀質問他。

「你沒有聽到廣播嗎？」

偉士牌騎士點點頭。

「那為什麼還要出門？」

「我要去山腳下的建地監工。」

「你住在幾路？」

「四路的公寓。」

「你家有小孩嗎？」

偉士牌騎士又點點頭，接著說，「可是他一早就不在家了。」

「所有的社區小孩都加入兵團，參加這次的占領接管行動了，沒有人退出。」肉彈一臉驕傲，「那我問你，去監工會比你的小孩占領社區來得重要嗎？」

偉士牌騎士又想了好一會，還是點點頭。

「豆子推測沒錯，一定會出現你這種的大人。按照指示，我先讓你過去。不過你繼續往前騎，就會知道出不去。」

肉彈一壓高柵欄，偉士牌便載著騎士慢慢往下滑行，沒一會就消失在下陷的坡度後頭。一會後，偉士牌的機車排氣管就停下來，在同一個地點噴出飄搖起來的濃厚白煙。騎士的眼前，有十幾二十棵塑膠景觀樹，坍倒交錯成一面牆，把整條道路都封鎖。攔腰斷裂的樹幹位置，依然聚著無數的黃色小泡沫，看見前來的騎士，怒火生氣，生出更多化學藥劑的泡沫，溶解景觀樹的塑膠枝幹。

一顆表膜厚實的泡沫突然破裂，飛濺到偉士牌加裝的擋風玻璃上。透明壓克力才幾秒鐘就溶解出一個小洞，飄起濃裂的塑料腐蝕味。騎士被忿怒的化學泡沫嚇唬，騎著偉士牌返回大門警衛亭。肉彈沒有壓起柵欄，又把偉士牌騎士擋下來。

「出得去嗎？」肉彈說。

偉士牌騎士低頭搖搖。

「豆子說得沒錯，一開始有想法的大人，最後還是一樣。像你這種好像很堅持的大人，一定也不相信自己小孩說的話。對吧？」

偉士牌騎士想了很久，有點慌張搖頭否認。

「現在，你還是覺得去監工比較重要？」

偉士牌騎士這次想得更久一些，依舊點了頭。但他多補充了一段話，「如果真的出不去社區，那就不用再去多想工地的事。」

「是的，告訴那些還會跟你一起聊天的鄰居。從今天開始，不要再想著是不是要去上班的問題了。你們是完全出不去的。」

最後一句話，肉彈為了加強肯定的語氣，把身體吹氣膨脹多了半倍重。當他正準備壓起柵欄放行，那顆扣在騎士褲頭皮帶上的B. B. Call嗶嗶呼叫兩聲。騎士撥開顯示螢幕，看了一下，是一串數字，是通知他要去監工的叩機傳呼。

「回去之後，不用回覆了。」肉彈指著柵欄外一個塗鴉著假山、假水、假樹、假蝴蝶的電話配線箱，點著頭說，「社區電話線的總開關，我們一早，已經全都拔掉了。B. B. Call也交給我吧，今天之後，兵團也會一家家統一沒收。」

騎士的身影很快就消失在通往三路的下坡彎道。這時，肉彈手中的B. B. Call又嗶嗶鳴叫。一顆傳呼機嗶嗶的同時，在社區中央的不遠處，就會傳來孩童兵團占領管委會、接管新城社區的廣播。

接下來半個月，B. B. Call不停在社區的各角落嗶嗶響起來自山腳城市的通知。一些擔任公司高階主管的成年人，紛紛收到幾響傳呼器叩機，通知回電公司。電話無法接通，他們便在接下來的幾個深夜偷偷騎上速克達，試圖繞道後山小徑，想要從二路底荒廢的救國團童軍營地出入口，進入果農的產業道路，離開社區。夜哨站崗孩童警衛輪番勸阻，一如往常無效。當他們試圖攀越倒塌的塑膠景觀樹，驚醒了沉睡的化學泡沫，咬下他們的手繭皮，甚至溶解皮鞋膠底，黏死在樹幹，把這些管理成年人的成年人，嚇得脫掉鞋子，跳回到速克達。在他們逃回社區的家屋的路上，時不時撞上主委靈魂，穿過靈體，驚嚇還沒百分百接受自己是鬼的他。這些白領的精英管理階梯，也留了幾分魂與魄在主委的鬼魂靈體，漸漸地，也就不再那麼堅持一定要離開社區，前往山腳城市去公司工作。沒有任何一通傳呼有人回撥聽取，不管是公司上班，還是朋友找，都停在電信局的系統裡，慢慢癱軟疲倦，靜靜死成無效的留言。

同時並行著的這些日子，公用廂型車則持續兜轉著整個新城社區。就連六路、八路的死路盡頭都有通知。廣播一直放送孩童兵團的行動宣言。透過高丁假裝低沉有磁性的成熟聲音，每一天從天亮到天黑，十遍、二十遍、三十遍不停宣示，漸漸地愈來愈多成年人，接受了新的狀態——社區管委會只是改組了。現在由另外一群人負責處理。新的管委會最重要的指示，就是住戶居民不用離開社區。所有日常生活上的需求與問題，都會由新的管委會來協助處理。一開始是鮮少參與社區議會、里民大會，或是互相聯合會的成年居民，最快就接受這個改變。接下來是有小孩的家長，然後是老人，最後才是不久前才意識到自己已經成年的那一群住戶。

孩童兵團一樣派送信件，大門一樣有警衛二十四小時管制，吃的東西由管委會每天依家庭成員數定額配給。雜貨店囤積的白米糙米、長壽麵條、各類泡麵，和可以放上一整年的防腐餅乾，種種食物，二丁盤點之後，由豆子精算，對於不足一百戶的新城社區來說，可以撐過天氣持續炎熱的日子。對曾經遭竊的獨居老人來說，他們私下竊竊慶幸，在進出社區的塑膠景觀樹倒下之後，小偷要偷他們的電動代步車，也不容易運出社區。兵團接管隔天，孩童巡邏隊就開始工作。他們每個小時都會到各路指定的重要路口、社區設備、蓄水池、活動中心等地簽寫巡邏簿，確定社區環境沒有異狀。所有居民一樣要繳納社區管理費，一樣要繳納縣政府規定水源保護區的基本水費，這些費用，兵團會集合起來處理與運用。使用者付費，豆子一開始就想好要這麼做。當新城社區如此被安排運作，真的沒有太大的差異。大部分的成年人如果能這樣想，想像著這樣的一天可以變成七天，再拉長成一個月，最後再像堆疊在水溝旁、樹腳跟的泡沫沾黏出一整年……那真的就沒有什麼好擔心的。不管社區成年人能否想像年有多遠，是否抓得準月的距離感，泡沫製造機都沒有停下工作。飛天的泡沫知道這一天還沒結束，依舊不停從小金波的屋頂上，呼出泡沫，追逐著恐慌的麻雀家庭和已經準備好接受死去的落單夏蟬。其他泡沫則沉睡在小排水溝的緩慢水流臉頰上。還有幾顆泡沫固執靜止在社區空中的某個點，直到天黑前的狼狗時光，在那七、八分鐘裡，它們一顆顆被曖昧的暮色感染顏色，也在同一秒全都破裂。

這些固執的泡沫破裂，飄落的時間也比較長。有些因為在空氣裡待久了，生成新生的小泡沫，在觸地前被盤旋幾天的熱風帶走，再烘出乾燥。落地的泡沫開成點狀花瓣，會拖住經過的主委靈魂，讓他的每一步愈來愈沉重。等他繞走回到一路拐彎角的獨棟別墅，那具被放入雜貨店冷凍櫃的屍體，早已經凝出一層厚厚的白晶，連那身外出服的顏色都被糖粉冰霜給漿成硬乳白。他的靈魂和屍體成了雙胞胎。

主委靈魂站在通往藍溪的階梯，每踏出沉重的另一步，都踩落了冷凍庫的冷。

「這種冷，會要大人的命，是吧？」

說話的聲音，有孩童的輕巧，帶點遊戲時的挑釁，但又藏不住變聲後的微微沙啞。一位身高有一百二十公分的女孩，迎面走上洗石子階梯。她的高度是孩童的，但五官長相是女人了。她是社區裡唯一陷在孩童與成年之間的女人。身高已經停止長高的她，胸脯與臀部並沒有停止，一樣熟出成熟女人的肉型。她的父母在很久以前的同一天，同時去世，她的容貌，也在那一刻停下老化。這樣的嘴唇讓幾位社區成年男人都把她拉到活動中心的舞台幕後，偷偷親咬。直到看見她水汪汪的眼睛，才狠狠警告她不可以跟別人說，要她趕緊先離開。當她爬上馬蹄鐵單槓，垂落的碩果乳房，孩童們又都會默默離開遊樂場，只有幾個還沒有斷奶的大孩子，會捏捏她的乳房問說，會有奶嗎？那時偷偷親她的成年人，大半快速老去，有些會加速老化直到死去。那些默默離開遊樂場的孩童，也都長大成人，能離開的，也都搬離新城社區。留下來的社區住戶，幾乎都遺忘了她的實際年歲。她自己也遺忘年齡，遺忘了父母留給她、位於社區十路的舊公寓，究竟是哪一棟的哪一層樓。她選擇遷移到靠近綠山的藍溪旁，占下了原本用來烤麵包的小窯倉庫，清出那些窯烤麵包的工具，還有清潔藍溪用的器械欄網，把不到四坪的鐵皮屋裝點成新住所。

不知道什麼時候開始的，也不知道從誰開始，社區孩童都背地裡偷偷叫她，巫女。

「不要去藍溪玩，不是怕你淹死，是怕你吃了巫女的麵包，就再也無法長大。你看她一直吃她自己做的麵包，就一直沒辦法長大。」

一些擔心孩子溺水的社區父母，總會如此恐嚇自己的孩子。

這些話流過藍溪，不管水質多髒、水的顏色多深，水的含泥量濃得把一條溪滾成泥漿河，都捲不走那一年的意外。

一樣是熱得脹痛臉皮的天氣。無數遲緩發情的螢火蟲盤據潮濕的社區排水溝，散發尾光進行交配，把夜間溝渠亮成一條潮濕的光帶子。巫女用完全乾燥的木柴，燃燒麵包窯。磚嘴巴嘔吐出來的黑煙，一路躲到雲的高度，或者比雲再更高些。接近枯水期的藍溪，只有腳踝深的水流，卻接連淹死了三位社區孩童。淹死的孩童肺部都被鐵鏽色的泥漿和腐爛的枯葉填滿。他們臉皮發紫，嘴唇發白，突然陽光又穿過樹間照射到那些一動也不動的屍體，孩童就膨脹成人皮氣球，漂浮在緩緩的淺流水面，最後都停在麵包窯正前方的水窪裡旋轉打圈。都是巫女發現的這些溺水的孩童。她抱不動他們，也不懂要如何為已經膨脹成氣球的小孩身體，再吹入更多氣，進行人工呼吸急救。巫女只能像現在，躍過接連藍溪兩岸的石頭橋，沿著長滿苔蘚的洗石子階梯，從十路往一路向上走，通知在這條路徑上第一個碰到的社區成年人。

「藍溪又漂下來一個小孩，你們知道嗎？」這次走上階梯，巫女帶來了一樣的訊息。

「我已經死了，知道又能怎麼辦？」

「你們就只知道，怎麼辦？好像說出來，就解決了。」

「不然能怎麼樣？」

「小孩就不說怎麼辦。白天抓不到溪蝦，他們會晚上偷偷去。就算被我關在窯子裡，他們也一定會挖洞。他們不怎麼辦，只會想辦法怎麼辦。」

「我現在只是鬼，什麼也不能做。」主委氣忿著。

「而且是已經長大的鬼。」巫女說。

主委靈魂倒吸一口氣，往上退一步。這一步沒上鎖也沒加鏈條，但是不再沉重。就在這一瞬間，太陽呼來的風，把他的靈魂整個都烘暖，沒有一絲低溫。他在階梯之上提腳踏步，踩出一張輕盈愕然的臉。

「鬼？這樣不也一樣能活，不是嗎？」巫女不屑說著，「藍溪裡的小孩，現在要找社區的誰去處理？」

「小孩組了兵團，已經占領管委會，接手管理社區……」主委靈魂說。

「又講廢話，那輛貨車天天轉，活的死的都聽到廣播了。我說誰負責？」巫女說。

「社區水電高先生的小孩，高丁……他們這樣，你沒意見嗎？」

「有什麼好有意見的？我不可能永遠是小孩，也不會長大變成你們這種大人。小孩組成兵團管社區，最不用擔心的就是我這種卡在中間的人。」

「可是他們都怕你。」

「他們害怕的是，你們成年人說的我。你們不在家，他們還不是會一群到藍溪玩水。有些死小孩還會自己偷吃我烤的麵包，別以為我不知道。對喔，不能說死小孩，那好像是說藍溪裡的那一個。」巫女笑開熟老的臉皮，自己戳戳，又冷成隔夜的菠蘿麵包。她傾身向前對主委靈魂說，「你真的不去看一下，說不定會是你家的那個？」

「不是我家那個死小孩。他剛剛還在一路巡邏，看到我一點都不怕。」

「又多一個死小孩。總之我已經通知你了，處不處理，你們社區自己決定。」巫女跨出階梯，蹲下身撿起幾顆落地的熟爛芭樂。

「我已經不是社區管委會的主委……」

「你這樣想，那真的就只能是鬼主委。」

主委靈魂聽見巫女說出鬼主委，有半邊臉扭轉出輕鬆的笑嘴角。「叫鬼主委……也挺順耳的。」他說完便往下飄走幾個階梯。一片飄落的欖仁樹大葉，賞了他一巴掌，穿過真的是鬼的頰骨和頭顱。

「我跟你說，不要再往下走。階梯兩邊的筆筒樹已經枯死很多年，我不知道它們會對你怎麼樣。」

巫女剛說完，一根比鬼主委大腿還要粗的筆筒樹枯幹，分開成兩段蛇信。一段直直挺拔，另一段是一條比鬼主委小臂粗的鎖鍊蛇。牠彎成毒蛇攻擊獵物前的體態，嘶嘶吐露又分叉開來的小蛇信。

「牠還一直迷戀那根已經枯死的筆筒樹。我活著都不想太靠近牠們，你死了，最好離遠一點。」巫女說。

社區十路底的階梯兩旁，有一整片的筆筒樹群。很久以前，是巫女的父母栽種的。巫女的父母死後，筆筒樹被那年第一個進入社區的颱風吹得紛紛跪地。短暫的午後雷雨一下來，樹頭頂著的拍手葉子，像眼淚一樣掉落，等哭到連樹幹都沒有汁液水分了，筆筒樹一整片枯死。一個星期後，長出鎖鍊蛇背上的鍊串鱗片。它們引來活的鎖鍊蛇，和牠交尾。不管雌雄，都會緊緊纏繞，交尾的瞬間，鎖鍊蛇發現受騙，但牠無法停止迷戀，在體內分泌出嚴重的失落與沮喪。一樣也是七天，蛇群體力枯竭死在枯了的筆筒樹上，加粗它的莖幹，讓那些鎖鍊形狀的筆筒樹皮，發出黑黑的蛇鱗幽光。死了一條鎖鍊蛇，枯死的筆筒樹就會向上變長，引來下一條鎖鍊蛇，再度纏繞沒有青梗拍手葉子的樹幹頭，甘願交尾受騙迷戀，又再迷戀受騙交尾。七天一週一條鎖鍊蛇，讓枯死的筆筒樹一直長出新的鱗身。它們有些快，有些慢，全都指向天空，一直長高。

巫女一個人之後，就不時想像，社區不斷繁殖新生的鎖鍊蛇，全都和枯死的筆筒樹交尾，為它們死去。巫女停止成長的其中一天，某一根筆筒樹的枯骨幹，真的可以插住天空。

然而，巫女真的在一個凌晨，看過一條鎖鍊蛇張開了嘴，緩緩翻頭咬住了一小塊天空。接著，蛇開始把毒液注入那一小塊天空，漸漸把周邊的天空興奮成灰階。和牠交尾的筆筒樹也提供更多汁液，透過那兩根毒牙注入更大片的天空，直到抬頭之後的社區天空，全都明亮，天空就又再一次亮成一片可以一直盯著看的有色光板。這一次全亮時刻，高丁從二路階梯屋家中的工具櫥櫃，翻出水電員父親的大型電鑽。他扛著電鑽，沿著二路往下走，來到可以拐入蓄水池的岔路口。兩位孩童警衛看見高丁，稍稍並腳站直，喊了高丁，首領。

「首領，社區今天要施工？」其中一位說。

「沒有，只是想試試，能不能探測到地下水。」高丁回答。

高丁從斜背工具袋裡拿出滾軸式延長線，請其中一位孩童警衛將插頭接上蓄水池抽水馬達的電源插座。孩童聽令之後，拉動插頭往蓄水池方向走。從岔路口到蓄水池，中間要穿越竹林，至少也有五十公尺。孩童警衛走進去好一會了，電線依舊從滾動的電線盤不停被扯出來。這條延長線，一直向前延伸。高丁往後一站，延長線便拉扯出更小的時候。他偷偷抓住滾軸式延長線插頭，靜靜走出家門，走完二路所有的階梯，抵達至少有一百公尺直線距離外的大門警衛亭，延長線依然等待繼續被拉長。那一次，他想把插頭拉出大門，看看能不能拉到社區外的智利餐廳，向肉彈炫耀他的滾軸式延長線，可以無限延長。那段被社區氣溫消磨的時期，肉彈的智利父親與台灣母親，在社區開了自助餐廳，被管委會召開的社區居民大會，投票表決通過，要他們家把自助餐廳撤出社區。那次投票，高丁也偷偷跑到社區活動中心看。參加的人數，一路到十路，加起來不到二十戶，卻全數投票通過。管委會一直沒有發布公告通知投票結果，只有口頭通知。肉彈一家沒有異議，在社區外一百公尺的坡地上，搭建簡陋的鐵皮屋，繼續自助餐廳的經營。之後，肉彈的智利父親與台灣母親漸漸不再供應食物給社區居民，只願意供餐給假日前往山區健行的遊客。他們也開始不繳納管理費給管委會。肉彈和妹妹也就經常往返社區的家和社區外的餐廳，有時睡公寓、有時睡餐廳的小臥房。那一夜，高丁不確定肉彈睡哪邊，只好拉著延長線從大門警衛亭回家。他在折返收線，在一會暗一會黃橙的洗石子階梯上，興起怪異的疑問：

這樣的夜晚，肉彈在哪？

在另外的其他夜晚，肉彈的妹妹又會在哪？

想著這些問題，高丁脫口說出，「肉彈在哪？」

「肉彈隊長，現在應該在六路的公寓裡。整點之後，就輪到他站大門警衛亭。」

嗯。高丁發出氣音，接著又問，「那蓄水池的水量怎麼樣？」

「只剩下五分滿……對了，天還沒亮，老犬人遛狗的時候，還問我們為什麼開始限水？」

「你們怎麼回答？」

「我們按照肉彈隊長的吩咐，說兵團已經頒布公告，請他去看各路的社區公告欄上，都有貼。」

「他有說什麼嗎？」

「他什麼都沒說，不過他要進去看蓄水池，我們沒有讓他進去，差點被那十隻狗咬到。」

「他的狗有攻擊你們嗎？」

「沒有。老犬人一罵，狗就全都趴在地上。」

高丁停下點頭，滾軸式延長線也突然停止。電源燈發亮後一會，另一位孩童警衛穿出竹林回到入口崗位點。高丁把電鑽交給警衛，吩咐他們先保管好電鑽，他則獨自走入蓄水池小路。小路兩側的竹林，伸出彼此的手，擁抱出一條長長的通道。風輕輕吹，它們就分開，等黃竹葉落地，它們又牽引枝條，擁抱乾燥生澀的對方，擦出磨牙聲。細細的陽光一透進來，竹林環抱的小路，就被那些光條推動扭曲，彎折出另一條只有孩童可以側身鑽入的竹身通道。高丁鑽進去，往前走約莫十幾步。腳前出現可以裝滿一簸籮的落地竹葉，隆成一座土丘。這片竹林終於可以長得更茂密一些，社區封閉之後，那些社區外的山老鼠，就無法再進來偷挖竹筍。高丁想著，撥開土丘上的竹葉，潮濕的腐葉下，沒有埋藏竹筍，而是一個圓飽的泥乳房。挺立的乳頭其實是一塊小頁岩，光亮面上刻著拼寫出來的小小字：一位新城社區孩童的墳墓。

高丁撥開土丘墳墓周邊的竹葉子，想著要找兵團來處理落葉。這個泥乳房墳墓漸漸裸露出孤單。這是第一個埋葬在竹林裡的新城小孩。發現這位不知哪家孩童屍骨的過程，有些模糊了。高丁只依稀記得，那段時間，社區限水了好長一段時間。不管分幾個階段供水，從水龍頭流出的水，總是能沉澱出一厘米高、帶紅粉的黃沙。一個週末中午，他和弟弟二丁一同潛進孩童禁入的蓄水池，是要為各自的水槍加水。就像現在一樣，只是當時的蓄水池水位吃得更低。他沿著鐵梯爬下蓄水池，把螢光綠水槍沉入混濁的水面。新空氣泡泡從空心水槍的軟栓孔，一顆顆冒出，浮升到池面就破裂。他的螢光綠水槍剛八分飽，往上爬時才發現，二丁一直呆看蓄水池的另一頭，把嘴張成，啊，卻僵硬得無聲。高丁順眼看過去，那頭慢慢飄來一塊枯枝浮樹，掛著一具屍體，只剩幾條泡白的筋肉，黏在白色小臂骨骼上，其他部位沒有任何一絲肉，連關節的軟骨都被啃得乾淨。他不大，是來不及長大的孩童。風一吹，水一搖，小小的掌骨，就對高丁揮手，點頭掉落下顎，召喚卻一樣無聲。就連吹過他頭骨破洞的風，都無法幫他把話送出口。隨著他慢慢漂近，高丁清楚看見，在接連浮木的池面底下，他沒有下半身。

不知道他的下半身，會不會在其他地方，慢慢長大？無數的日子過去，高丁總會想到這個問題。

那天，跟今天一樣，有風滑過蓄水池表面。高丁把裝滿水的水槍交給二丁之後，就一直在等，等待風把孩童屍骨吹到這一頭來。風聽見了高丁的聲音，真的把他吹過來。當他愈靠近，他的上半身慢慢長得更大。當手骨搭上攀爬的鐵梯時，屍體才停止長大，停止在還是孩童的大小。高丁喚醒一臉錯愕的弟弟，兩人合力，一人一隻手骨，把孩童的上半身，拉上池邊的泥草地。就這個時候，不遠處的林子竄出一條黑影。是一條眼睛有血絲的野狗，全身亮著油油的短黑毛，肚子明顯凹陷出只剩一層皮包裹的肋骨。牠緊緊叼著一截還有少許白色筋肉的孩童小腳，同時對高丁二丁咬牙低嗥。高丁一緊張抓來弟弟的滿水水槍，雙槍瞄準那條黑狗，對峙好一會，黑狗才轉身潛身消失在白天的樹影裡。高丁放下水槍，沒有一絲絲恐懼。他看著孩童的上半身。那張被啃過的嘴巴，還有牙齒，微微張開，微微笑了。一對沒有眼珠的窟窿洞，看著高丁，一直哭出很多很多混濁的眼淚。高丁也落下乾淨的眼淚，背起他，等風搖出那條只有孩童能通過的竹林道，走進枝幹交織的深處，在竹林深處一塊長不出竹子的空地，用砂土把這個上半身屍骨，埋成一小座的泥乳房墳墓。

「再多等一等，我一定會找到你的下半身。」

有好長一段時間，高丁在入睡前的幾分鐘，一定會告訴那位失去腿腳臀部的上半身孩童這句話。每一天的每一夜，直到這句話變成兩人之間的祕密。蓄水池的水量還緊緊吃在五分。在藍溪枯水期真正到來之前，高丁拍拍眼前的泥乳房，又篤定說了一次。

「一定會找到你的下半身。」

高丁一腳掃飛腳邊的竹葉。乾枯的長條葉子，在幾乎無風的竹林深處空地，飄成一艘艘滾動翻覆的小舟。這一批舟葉全都停泊後，巫女從竹幹之間，鑽出一百二十公分身高的豐乳與肥臀。高丁退後一步，伸手摸摸腰背後面的褲頭，以為那裡依舊插著一把裝滿池水的螢光綠水槍。巫女沒有說話，單腳掃開幾片微微隆起的竹葉，陸續露出幾個落單的泥乳房，有些尖錐如筍頭，有些攤軟成倒蓋的湯鍋，或大或小，都有一塊木牌、石塊，或者一塊鏽鐵片，上頭刻著寫著：

我最好的朋友

我來不及長大的妹妹

我最愛的喵咪球球

我的弟弟……

「你的弟弟也在這裡面嗎？」巫女說。

「二丁在雜貨店盤點。」

「你知道，我說的不是你現在這個弟弟。」巫女嘟嘴假笑。

「沒有。他在另外一座山上，這裡看不到。」高丁回答。

「那他也看不到社區這裡，對吧？」巫女搖搖頭，「你沒有看到其他墳墓嗎？」

「又有新增加的？」

「很多鼓起來的，你以為裡頭是竹筍嗎？那些你挖開來看就知道，裡頭都是一些玩具、裝照片的糖果罐、小項鍊，連一根骨頭都沒有。還有一個姐姐，我看她剪自己的辮子，埋到泥土裡。因為她的妹妹最喜歡她的辮子。有小孩在社區不見，你們就埋東西，這樣不是很好笑？」

「為什麼好笑。這是小孩的辦法。」

「算了……你的那位小朋友，還算幸運。至少他還有一半可以入土。真不知道他的另外一半，會跑到哪裡去。對喔，是下半身，才會自己跑掉，跑到野狗窩去，哈哈……」

高丁靜靜盯著巫女，直到個頭比他還小的她，完全停下笑聲。

「你這樣看我，是想要殺我嗎？」

「殺你……不在我們占領社區的行動計劃裡頭。」

「我早就跟這個社區沒關係了。」

巫女吐口氣，伸出手翻開掌心。她拿著的是一截只剩三隻指頭的孩童手掌白骨。巫女的手已經很小，三指白骨更小。

「你發現野狗窩了？」高丁有些興奮。

「如果那麼容易就找到野狗窩，竹林還會一直長出新墳墓？」

「那這是在哪裡發現的？」高丁追問。

「藍溪的河床。我不知道是誰的，只能帶來這裡。要怎麼處理，你自己決定。」巫女把這截弱小的三指掌骨，交給高丁。她轉身往竹林外頭側身行走，突然回頭問說，「你從家裡扛電鑽出來，是要挖水嗎？」

高丁顯露出疑惑，但沒有搖頭，也沒有點頭。

「你已經長大了，你以為有辦法像小時候那樣找到水嗎？」

高丁緊緊握著那截小手掌骨。

「首領？哼，去鑽那些不知道有沒有水的地方之前，不是有更急的問題要先解決？」

巫女哼出更多不屑的鼻音。她轉身雙手往後交叉的行走背影，直接越過成年人，一瞬間就變得很老。高丁鬆開手心，輕輕扳開幼童的指骨，告知自己，會的，一定會找到的。

高丁把幼兒的手指掌骨埋成一座新生的小泥乳房，返回蓄水池小路的入口點。看守的警衛已經輪替交班。另外兩位孩童端著電鑽一起喊了，首領。高丁沒多話，端起電鑽打開啟動鈕，把鑽頭緊緊抵住路旁斜坡的幾顆圓石中心，抓動把柄開關，一公分一公分把鑽頭推進到石層。一開始飛起泥土，還有青苔，等飛出來的都是石屑之後，除了石粉就沒有其他東西。高丁停下電鑽，抽出鑽頭。悄悄長出一些鏽蟲的鑽頭全被石粉染白。他把乾燥又會燙手的電鑽交給其中一位警衛孩童。過去他鑽過水泥柏油，鑽過木心、鑽過磁磚牆。高丁再次搓揉手心的繭。他算數乾澀染粉的手指，左邊右邊，都是一二三四五，一根都沒少。但一點水分都沒有。有骨有肉有血有體溫的手皮上，那些微突的硬皮肉，曾經出現水泡。它們曾經不只一次破裂，但傷口總能癒合結疤，讓掌心重新抓握又再放開空氣。

「你們覺得，我是不是有長大……一些些？」高丁靜靜說著。

兩位站崗的孩童滿是疑惑，也有些驚訝，來回看著彼此。一直到幾隻藍鵲跳過頭上的電線桿，其中一位孩童才說，「要拿什麼時候的……首領，來比較嗎？」

高丁從電鑽頭撥下更多乾燥白石粉，要兩位孩童把電鑽扛到兵團指揮室，交給小金波，要他把電鑽收入工具房。

「首領，那蓄水池的警衛站崗……」

「我會待在這裡……把延長線收集起來，在你們回來之前，我會守著蓄水池，看著水。」

兩位孩童分別提著電鑽的兩邊，往飛碟噴水池廣場走過去。高丁轉身再次走入蓄水池小路，要去拔下插頭。在竹林裡，他依舊聽見兩位孩童警衛的對話。

「蓄水池的水，愈來愈髒，開始有淤泥了。」

「聽說，首領小時候，拿著長釘子鑽地鑽牆，就可以敲出乾淨的地下水。」

「那是首領很小的時候吧。」

「社區現在不可能有那麼多乾淨的地下水。」

「不是水而已，不管大人小孩，還得有吃的，才能在社區裡活下去。」

「所以豆子才要大家開始在花圃種菜。」

所有緊鄰社區道路的條狀花圃、規劃在各路階梯屋階梯轉折處的花圃，以及公寓陽臺的盆栽和獨棟公寓的私人花園，在孩童兵團接管社區不久後，都被重新翻土，拔除原本四季漫開的景觀花樹，改種可食的蔬菜。才半個月，小黃瓜的藤蔓就爬滿陽台，開出無數小黃花苞，慢慢腫出瓜肉。座落在半山的新城一直都不缺水果。從熱天的荔枝龍眼，入秋前後的蓮霧芭樂，到冷天的各種大大小小的柑橘，野生野長在社區的土坡邊角。會引來鬼魂落居的木瓜樹，更是東一叢西一落，不管日與夜的界分而大量繁殖。

不論是蔬是果，只要有籽能落地，或者能插枝到泥坡上，孩童都知道，不久後一定有得吃。經常翻出深黑泥土的八路花圃，更是特別。依孩童兵團豆子頒布的規定，八路的成年人集體為路邊的長條花圃鬆土，黑泥散了，土也乾了，淋上水，太陽日照再久一些，就能長出下心白上葉綠的兔子耳朵。再追兩三天，二丁會帶領八路小隊的孩童，前往採摘。八路小隊隊員一拔起泥地上的菜葉，一對對的葉子乾淨成小白菜，抖一抖散泥，就露出兔子形狀的根莖。這些兔子形體的肉根，有些停在奔跑的動作，有些長成站立眺望的模樣，還有一些依舊窩身沉睡。不管什麼形狀，一下鍋遇上熱油，就能炸出野兔肉香，沒有一隻菜根兔子會醒過來、抖鼻子，或者在鍋心奔跑。收割每一種蔬果，二丁總會待在一旁靜靜翻開習作簿，用一支小刀削過的鉛筆，清算盤點。一對耳朵菜葉接連一隻兔子肉根，依照各路的居民戶口數量，擺入一到十路的塑膠籃，再派發到新城每個家庭。登記用的鉛筆寫鈍了，二丁就抽出白銀色的小刀片，削尖來繼續登記到換上亮橙色的玉兔新筆。

小金波則會協助帶領六路小隊的孩童，收集那些被強風折斷、被白蟻蛀食過的各種粗樹幹。不管是塑膠製的、還是木質纖維還能呼吸的截截木頭，都搬運到六路山坳的空危樓。多年前的一次土石坍方後，這個危樓已經沒有居民落住。六路小隊清空危樓的所有舊家具，小金波以鐵線在室內綁出一條條的縱橫經緯，架上那些斷裂的朽木，讓居住在六路的成年人，以灑水噴霧器，輪班在這些木頭樹皮上養水。等天一黑，加上社區林野的原有濕氣，一個晚上就能悶出成片的磨菇、草菇、香菇，挺直肉莖，撐開厚厚的菌傘肉蕈，冒出菇的香氣。如果不小心長出猴頭菇，就要在清晨天亮之前，剪下菇頭，曬成乾燥的猴子頭，儲藏起來，避免那些白毛頭繼續長成一隻完整的山獼猴，把整個危樓菇場都搗毀。值得兵團開心的是，如果在塑料枯木上不小心繁殖出雞腿菇，六路小隊員會在一早，切下接連菇腿的朽木片，保留養分，交給由五路成年居民組成的肉雞放養隊，圈在一樓的庭院。一支支的雞腿菇會在庭院裡跳啊跳，慢慢長出另一支雞腿，再向上生出雞身雛形，慢慢用雞皮包裹出雞胸腔，再長出雞肉與內臟，一直到長出雞翅膀，肉雞的長脖子和雞頭就差不多都成形，還好牠們都是不長羽毛的無毛肉雞，飛不出五路住戶的一樓庭園。

皮皮則肩著孤兒松鼠，帶領十路小隊和十路的成年居民，前往十路進行採集。在靠近藍溪的圍牆邊，十多年前新城社區完成整體建築時，栽種了一整排的塑膠榕樹。每走過四季就多生長一圈年輪，向外擴張樹幹，直到大地震推倒圍牆坍塌，管委會以水泥扶正牆垣，順便為每一頭榕樹裝飾水泥花圃。鐐銬上塑膠樹幹，這些榕樹最多就只能長到圓形花圃的粗細。塑膠榕樹一停止生長，落葵薯就攀爬上樹梢，老莖硬成一顆顆的結瘤，覆蓋這一整排榕樹，莖幹紮實落成一大面的可以讓孩童平身躲藏的藤蔓新牆，也足以讓皮皮平穩站在綠牆頭。十路小隊隊員與成年居民不分家庭、不管左右是不是自家孩童，散亂站成一排採摘嫩葉。落葵薯藤蔓牆的後邊不遠處，就是藍溪。麵包窯屋就在水階梯的岸邊上。巫女正在燒柴，把整個磚窯燒成紅滾滾的鐵掛鐘，準備要烤麵包。一和巫女視線對上，皮皮趕緊趴成一塊大肉葉，向下傳聲吩咐十路小隊長，陸續將落葵薯嫩葉集中到雜貨店前的噴水池廣場，交由二丁整合盤點，再分籃派送到各路各家。皮皮吹了口哨，叫來孤兒松鼠，直接從藤蔓牆攀上電纜繩，快速往高坡地方向飛奔。

皮皮在半空中的高度上，一直跑到二路頭，才在社區理髮店前頭，找到高丁與豆子。這時，社區女理髮員正在為花盆裡的辣椒樹澆水。乾淨的清水漫出小花盆，滴到小狗屋前的吉娃娃，牠便犯起神經質也犯了冷顫，對高丁與豆子低嗥。

「辣椒的水不要澆太多。」豆子提醒。

「這是我早上洗菜的水。」中年女理髮員說。

「種辣椒，不用那麼多水。」

「花盆底下有洞，不會把根泡爛。就算死了一棵辣椒樹，有什麼關係嗎？」

「不是辣椒樹的問題。枯水期要開始了，社區也封了，現在所有乾淨的水，就算用過了，也要先儲存起來，再重複利用。乾淨的洗菜水，放一下，至少可以洗第二次。」

中年女理髮員嘴角一緊，立即止住手中的白鐵澆花器，有點冷冷說，「我先說，要我幫你們剪頭髮沒有問題，不過，我要多分一份小孩份量的食物。」

「做什麼用的。」高丁問。

「我的嘟嘟也會需要吃東西。」

高丁看了一眼吉娃娃，轉身問豆子，「社區裡還有多少人養狗？」

「除了老犬人那些狗，就只剩下這隻。剛接管的時候比較多，現在都變成野狗。這也是為什麼野狗突然變多的原因。」豆子說。

「我跟那些人不一樣，不管吃的喝的夠不夠，我都不會把狗丟掉。這個你們放心。我繼續幫你們全部的小孩剪頭髮，不過吃的要多一份，像你們小孩的份量就可以。」

「首領，怎麼樣？」豆子小小聲問。

「只要不是野狗，就不是兵團的問題。雖然占領社區，我們還是要剪頭髮，不可以看起來是骯髒的。豆子你跟二丁說，讓他多配一份給她。可是……」高丁看著那隻小吉娃娃，

「如果牠被野狗帶走，變成牠們的一分子，就會立刻減少食物，嘟嘟也會變成我們要解決的問題。」

中年女理髮員篤定點頭，返回屋內，把澆花器裡乾淨的水，倒入大同牌插電熱水壺，唸唸有詞，但聽不清楚她乾涸的喉頭說了些什麼。

豆子想到的限水規定，也燒乾了高丁的喉頭。這個月，到目前為止都沒有下雨，藍溪漸漸乾枯，已經到了容易引誘孩童莫名溺斃的腳踝深度。蓄水池雖然還撐著一半水量，但依過去的經驗，一週內如果沒有陰雲撲滿天空，落下雨水，那半個月後，就一定要分時段限制供水。皮皮爬到社區理髮店對面的桑樹，摘了一手桑果，自己吃著棗紅的熟桑果，濕潤舌床喉管，也讓小松鼠把發青的果子，藏到頭頂的髮窩裡，等明天軟化了甘澀味道，再填充空腹。

「首領，巫女已經開始燒窯。」皮皮說。

「今年這麼早……那就不能再等了。豆子，你回辦公室指揮室，再寫十張新的限水通知，我們要延長限水時間。」

「多久？現在是每天的兩點到六點，下午跟凌晨的這個時段都限制供水。」

「那前後都再加半小時，這樣比較沒有感覺。通知不要太大張，小張一點。記得要蓋上兵團核准張貼發布的印章。皮皮，豆子寫好，你去每一路的路口公告牌，都貼一張。然後通知肉彈新的開水關水時間。」

「叫小金波開廂型車，用廣播的？」豆子問說。

「限水的問題，我們靜靜執行。提前限水，大家會有意見。再延長時間，一定會有反彈。我會叫肉彈多安排一組警衛巡邏隊，在蓄水池入口站崗，時間一到，就靜靜關掉蓄水池的閥門，希望可以多撐一點時間。」高丁小聲吩咐。

「希望今年的颱風可以早一點到。」豆子說。

高丁抬頭看向遠處。天空湛藍得凹出深洞，遠遠才看見一朵白雲飄出洞外，降落到山腳城市的更遠處。

高丁這才開口說，「大概只有我們這個社區，會希望颱風早一點到……」

那片雲的白棉體，聽見了高丁的話，又再飄落到更遠的山腳城市。它這一移動，把天空的圓頂撐開得更巨大，更不容易被灰雲鋪滿。沒一會，十路方向的天空，垂直飄升一條灰黑的濃煙，不停向上頂。那是巫女開始放燒泡了藍溪水的濕木柴，好調節麵包窯的窯內溫度。這條濃煙，升空成火箭，直直頂到最高的山嶺線，又把天空頂得更高些。只是一超過山嶺線，就左右趴軟，在天空裡亂撒成黑紗。這些漸漸的軟了的、漸漸的散了的、漸漸的淡了的黑紗，怎麼也無法聚集成積雲，弄髒又高又遠的這張天空臉，逼它生出想哭的陰霾。如此乾淨、如此湛藍美麗的天空，在高丁、豆子、皮皮喉嚨深處拉扯出年齡更小時的乾渴。

巫女燒窯的直線黑煙沒有斷，持續頂高天空一天一公分。社區的林子呼應著，也在晨間太陽一撒下光觸手的同時，捕抓到各種樹葉表面哭出來的白霧。豆子最早發現，沾染了泡沫的葉面是哭不出白霧的。每當巡邏、或是進行各路日常工作檢視的時候，豆子看著社區各路的林子，這些無能哭出白霧的植物葉肉，便會召喚她的第六感、隱約告訴她，只有封閉起來，才能解決新城的問題。

飛動泡沫占領社區之後，豆子一直擔憂著、也一直提出建議，告訴首領高丁，一定要先把社區盡可能的圈圍起來。高丁沒忘記，只是在等待時機林子裡的白霧，淡化到不會讓孩童迷路找不到返回社區的路線。

等陽光穿透葉肉，撥開爬行的白霧，外露出坡地上的青苔植被，高丁就向兵團的各路小隊長頒布命令，開始蒐集家中可以導電的所有鐵絲與金屬線，就連沒用的延長電線，都要把包裹在外的隔絕塑料剝皮去除，拿出來運用，把新城社區圈出最大的防護線。豆子給的指示行動很簡單，兵團小隊沿著各路最外圍的房子，將鐵絲、金屬線釘在樹幹上，一條條接連起來。差不多在孩童膝蓋與腰間高度，各拉一條線，再一路路頭尾接連圈圍兵團接管的社區領地。最後一小段，小金波再把這些金屬線拉回該路某一棟公寓，接上兩百二電壓的電箱總開闢。

這個封閉行動是兵團在泡沫行動之後的下一步。進行了好久。從成年住戶對泡沫飄飛會抬頭關注，一直到他們全都對泡沫視而不見，在臉頰眼角碰破了，也只是眨個眼而已。在最近一次的兵團管理討論會裡，各路小隊長回報，圈圍封閉新城的工作，都已經初步完成。接下來，按照豆子的規定，就是告知那些住在房子裡的成年人、父母、祖父母，不要觸碰那些捻成一條的鐵絲金屬線。

「他們大人應該不會那麼笨吧。」肉彈說。

「現在還沒有問題，等社區封閉久了，我們不知道他們會不會忘記，電是會電人的。」豆子說。

「就像他們第一次拿火柴燒我的手一樣？」二丁說。

「不太一樣。他們長大了還會記得火會燒傷人，是因為他們在長大的這段時間，還是一直被火燒傷，所以他們才記得。」豆子說。

「他們不會恢復成小孩的，永遠都不會。只要長大了，就真的變成大人了。」高丁皺著眉頭說，「我們也不知道，我們還有多少時間，一定要快。這是行動討論會議，不是用來聊天的，先讓豆子說明，二丁還有其他人，都不要插嘴。」

高丁一表達怒氣，兵團指揮室的討論桌周邊，就安靜下來。坐在外圍一圈的各路小隊長，有人站成樺樹，有人靠著牆貼成爬牆虎，有些蹲落窩成盆栽，誰都不敢多動一下。二丁嘟了幾秒嘴，才放鬆眉間的皺皮。

「接下來要討論的行動，是各路發現後回報的問題，請小隊長開始回報，每個人說一個最嚴重、最急著被解決的問題。太多問題，兵團會無法解決。」豆子說。

「我補充豆子說的，」高丁接來話尾，「占領到現在，各路一定有很多問題需要用兵團去解決，我們最後也一定要找到處理的辦法。不過，我們要一件事一件事解決。好，從一路開始。」

「一路是路面坑洞問題。占領前就一直很多坑洞。兵團在練習跑步的時候，都會有小孩不小心跌倒受傷，影響我們的戰力。」一路隊長說。

「小金波，有辦法處理嗎？」高丁問。

「目前在社區空屋找到的水泥，量沒有很多。要先儲存起來，以後用在更重要的地方。我們可以先把家裡沒有用的毛巾、舊衣服拿出來，泡水之後用力塞滿那些坑洞，暫時可以預防跌倒。如果是彩色布料，練習跑步的時候，也可以馬上看見。我會去詢問之前新城建設公司的負責人，倉庫裡是不是還留著水泥。」

「他還活著嗎？」高丁問。

「已經很老了。他跟社區管委會打官司失敗之後，只過一天，就突然老得不能再走了。」

「他是大人，他們都會這樣。」豆子快速說了一句。

「嗯。如果他的倉庫還有水泥，我們只要從藍溪挖砂石攪拌，就可以把路面的坑洞填起來。」小金波回答。

「好，這問題就先這樣處理。」

高丁說了結論，環視指揮室，接著要說出話時，二丁又插話了，「首領……解決辦法，要舉手表決嗎？」

高丁瞪了弟弟一眼，語氣狠狠說，「這次占領社區的行動，我是首領。」高丁沒讓二丁說更多，盯著那一對和他完全不同形狀的眼睛，直到二丁整張臉趴成桌面平行面。高丁指示二路小隊長繼續發言。

「報告首領，藍溪的上游幾乎全都乾了，沒有任何水流向我們社區。以前會出水的山壁，也沒有泉水，所以二路淨水廠跟儲水槽的水位，一直都沒回到紅線上頭。」二路小隊長說。

「水位現在已經低於一半了嗎？」高丁問。

「已經低於四了。」二路小隊長回答。

「皮皮，聽得到嗎？」高丁大聲喊。

「有。」管委會窗外的樹枝上，皮皮大聲回應。

「收音機有聽到什麼嗎？」

「報告首領，要再過幾天，才知道颱風會不會形成。」

「颱風來了，才會有機會下雨……」

那隻孤兒松鼠，快速繞跑皮皮的脖子，用長長的尾巴，繞出一圈毛圍巾。

「颱風來之前的那幾天，可能會更熱，要更加小心用水。」高丁指示補充，「肉彈，蓄水池周邊有增加值班的小隊嗎？」

「報告首領，已經從一班六人增加到一班十個小孩。全都發了鐵管，這樣野狗才不敢太靠近水池。」

「野狗一定也會來搶水。」小金波說。

「我擔心是牠們跳到水池裡，污染了我們喝的水。高丁，不，報告首領，野狗的問題，兵團一定要先解決。」豆子說。

高丁沉默了好一會，才慢慢說，「先聽完各路小隊的問題，我們繼續。」

「三路發現一位老人死在家裡。屍體已經發臭，也開始流出水了，不知道該怎麼處理好？」三路小隊長說。

「他的小孩呢？」高丁問。

「全都離開社區了，應該也不會回到新城。」

「好，只能先把屍體跟管委會主委冰凍在一起。」

「有看到老人的靈魂嗎？」

「有。年齡比較小的，有看到他。是個性很好的老人，不會造成兵團的麻煩。」

「那就好。四路呢？」

「報告，四路目前沒事。」

「五路呢？」

「報告首領，五路已經增加三棟的一樓庭院，圈出了可以放養沒有毛的肉雞的養殖場。目前由那一棟的大人，負責養雞的工作，不過養雞的飼料不夠。」

「豆子，有什麼辦法？」

「肉雞是從木頭培養出來的，可以試試餵那些肉雞吃爛掉的木材。再不行，只能餵牠們吃野生的川七。比較不會影響到我們的食物量。」

「六路和七路討論過了。最大的問題是，很多大人都一直問自己的兵團小孩，煮飯的米是不是快要沒有了？」六路小隊長代表發言。

八路小隊長也插話說，「八路最大的問題，也是這個。」

一時間，各路小隊長交頭接耳，傳遞著擔憂的耳語。

「二丁，雜貨店倉庫裡的米，還有多少？」高丁大聲說話，各路小隊長，不管年齡大小，一瞬間全都噤聲無語。

「哥，不是，報告首領，每家每天固定配額的米三杯，不改變，還可以吃……」二丁低頭點算著手繪的表格數字，邊點頭邊加數，「二十六……三十八……應該還有四十天左右。」

由社區管委會改置的兵團指揮室中，爆出幾聲孩童忍耐不住的噗嗤笑聲。高丁微怒，更高聲要所有人不要吵鬧。他瞟眼看一下肉彈，肉彈點點頭，回了一句，「首領，我知道。」

「豆子，如果要長期管理社區，米的問題，有什麼辦法？」高丁繼續說。

「我們要不要試著找地方種米？」豆子說。

「報告首領，靠近十路底，在藍溪石階橋更後面一點，還有幾塊小的舊梯田，不過荒廢很久了。以前種田的老農夫死掉之後，就一直都沒有人在那裡種稻子……」十路的小隊長描述著，但九路與十路的小隊孩童，開始交頭接耳，嗡嗡響起童音的共鳴。

「怎麼樣？」高丁問。

「報告首領，那邊經常有野狗出沒。」九路小隊長說。

「是的，都是一小群一小群的野狗。」十路小隊長說。

「我也看過，其他好像也有帶隊的狗。」八路小隊長說。

靠近十路的幾位小隊長，雜亂丟出他們遭遇野狗群與對峙的經驗，也提到八路九路這兩年都有三、四歲幼童在路上突然失蹤，都推測是被野狗叼走。

高丁坐著沉思，所有兵團孩童也緩緩安靜下來。他開口對豆子說，「野狗的問題是一定要先解決……我們也要找到種米的方法，沒有米一樣是不行的。」

瘦高纖細的豆子，臉頰眉間都被空氣拉扯出困惑的面皮，托著下巴，若有所思點著頭。每月一次的兵團幹部討論會，就在種不種稻米、又怎麼取得秧苗的問題上，草草結束了。

隔過一次天黑，跳入另一個早晨，天才剛喘氣，氣溫就快速降低了幾度。皮皮被涼意逼得有點小喘，回報高丁，十路頭的幾棟公寓都跳電，小金波尋著金屬線，很快就查出原因：一隻野狗死了。

高丁帶著肉彈以及幾個年齡比較大的孩童，一起前往九路與十路交接的岔路口。沿著筆筒樹指示的方向，他們用手中的尖頭鐵水管打著草管，提醒還在跟筆筒樹交媾著的鎖鍊蛇，走進十路頭最邊間的公寓樓後頭。高丁撥開一朵姑婆芋的大葉子，看見了那條野狗。牠頭顱朝下、尾巴朝上，被看不見的巨大靜電，吸附在兩條鐵絲之間。鐵灰色的鐵絲勾著一條後腿，垂垂危危拉著狗身子，只差幾公分，狗鼻子就碰到腐爛的樹葉地面。牠身上的雜色狗毛，還有一半打直豎立，電醒了停留在狗毛周邊的水氣。這隻狗的一對眼珠子一動也不動，分別瞪著兩旁被驚嚇鑽出爛泥破葉的百腳蜈蚣。

「是條小狗。」肉彈小聲說。

「不是社區養過的狗。」小金波說。

高丁打量推測，應該是去年才在野狗窩裡出生的小型雛狗。他看著牠痙攣的嘴角和兩根外露的犬齒，壓抑著悶悶的鼻氣說，「牠們生了很多小狗……小狗也是要吃肉喝水，因為這些小狗，野狗群才出來找更多食物……」

「首領，要把牠放下來嗎？」肉彈說。

高丁還沒回答，前頭的姑婆芋忽地跳起舞來。肉葉子點幾次頭，就從腰間扭出兩隻狗。一隻短白毛，一隻短黑毛，兩條都瘦得精幹。不論黑白，光滑的軀體好像塗抹了一身的油。兵團的孩童們全都舉起鐵水管，以銳利的鐵尖頭對著那兩條狗。

「等等，大家不要動，有狗鍊圈。是老犬人的小白小黑。」高丁說。

兵團依舊緊緊握著鐵水管，只是沒有以尖刺向著兩條狗。牠們望著高丁，沒有發出威脅的低嗥，匍匐靠近鐵絲，嗅著倒掛在上頭的小野狗。

這時，高丁也嗅到藏在潮濕水氣裡、燒焦的香肉氣味，也聽見自己與其他孩童接續發出的饑餓胃鳴。他仰頭看著周圍的樹頭，對著樹幹後的一團黑影說，「皮皮，小金波通電了嗎？」

「還沒。說好等首領處理完野狗的屍體，我再通知他開總開關。」

高丁看著小白小黑，比手勢要所有孩童往後直退。大家慢慢往後倒退走了幾步，兩條狗一躍就把掛在鐵絲上的雛狗屍體咬下來。小白緊緊咬住小狗的脖子，猛力甩扯，確定半僵硬的小野狗瞪著眼也不會動。這才舔舔嘴角的微血，和小黑一前一後，叼起小野狗屍體，消失在跳舞的姑婆芋林裡。

「首領，是老犬人叫牠們來的嗎？」肉彈小聲說。

「我想不是……」高丁皺著眉頭，鬆開緊握著的鐵水管，回頭在身後找到住在二路的其中一位兵團孩童，問他說，「你知不知道，老犬人是不是有分配到更多吃的？」

「報告首領，沒有。所有二路的糧食分配，我知道，包括首領家，二丁隊長都是按照每一家有幾個人，就分配多少食物。」

「那老犬人的狗吃什麼？」肉彈提出另外的問題。

「報告肉彈隊長，這個我就不知道了。」

「報告，我看過牠們吃青竹絲。」

「報告隊長，我看過牠們從泥土裡挖出死掉的果子狸。」

「……我還看過……松鼠。」

一群兵團孩童不約而同往樹幹方向看過去。皮皮沒有躲避，他的孤兒松鼠也就沒有鑽進他的髮窩。

「報告首領，我看過老犬人的狗，好幾隻一起追貓。」

「真的假的？」肉彈抖著嘴邊肥肉說，「難怪占領社區之後，那些不知道有沒有人養的貓，都一隻隻不見了。首領，老犬人那些狗都開始吃……」

肉彈回眼看到高丁表情時，立刻就收口。不是因為高丁生氣，而是肉彈無法透過高丁此時此刻的表情，判斷出他的情緒。

「狗也……開始吃狗了。」高丁緩緩吐露哽阻住的聲音。

眼前林子樹間的姑婆芋開始跳舞。綠得沉出了暗邊的葉子起乩，在看不見的風管裡搖頭，畫出了一些軌跡，挑釁一些停在鐵線上的綠蒼蠅。牠們停在雛狗屍體停掛的位置，飛起又降落。一停腳，一雙雙朱紅的複眼都對著高丁看。臉皮抓不到風，葉子被鬼搖頭，落下神啟要綠蒼蠅有秩序飛繞。上一次參與這種飛繞的綠蒼蠅，比鐵線上的多出十倍。綠蒼蠅們就停在高丁二路階梯屋斜邊已經封閉的登山步道入口。每一隻的身體都比林子裡的更翠綠更肥碩，眼珠子也更血紅。牠們聚在一起，集團趴在地上一塊隆起的不明物。比現在年幼些的高丁一走下拐彎階梯，就發現綠蒼蠅群。他左手指間，仿照揍人的武器指虎，夾著長短不一的鐵釘，最長的長過中指，最短的也可以對齊小指。高丁稍稍走近一些，就發現那些綠蒼蠅群趴伏成一隻雞腿的形狀。他落下一根鐵釘，投擲過去，轉了幾圈之後直直插住那隻還留著一些羽毛的雞腿。大群的綠蒼蠅被驚動飛起，舞圈子，繞進高丁看不見的空氣，有些落在旁邊被血水染濕的柏油路面，也有些飛回到在白皮裡發青發紫的雞腿皮上。他往前走一步，綠蒼蠅群就飛舞再繞落，又一步，又飛舞繞落。接著他又投擲出最長的鐵釘，一樣轉圈飛落，但這回沒有插中雞腿，卻四十五度角刺入更靠近登山步道入口的小碎石地面。接著，綠蒼蠅全都飛高，因為從登山步道入口跳出一隻狗。高丁記得，牠的脖子上沒有皮革項圈，但看見他的第一眼，有搖動尾巴。直到狗留意到雞腿上插著一根鐵釘，牠又立即埋低頭露出犬齒，和高丁對峙。他握緊鐵釘，沒有再欺近。狗才上前咬掉雞腿上的鐵釘，叼起那塊被強力扯咬拉斷的帶毛雞腿，小碎步走返回登山步道。高丁知道，沿著登山步道走約莫半小時，就會經過土雞城放山雞的圈養坡地。登山道之所以封閉，也是因為那塊坡地被颱風雨泡軟坍塌，掩蓋了近五十公尺的步道，無法修復也沒有社區成年人願意前往修護。土雞城也因此歇業多年了，但高丁直覺，那隻生雞腿一定來自於土雞城。一定還有一些當時放養的土雞，像那隻狗一樣活在社區外的山林坡地上。等高丁走近那塊血水印，還是有大量的綠蒼蠅不死心沾吸地上的血水濕氣，把身體撐得更飽更圓更翠綠，也讓複眼腫脹得只要輕輕一碰就會破出一拇指的血水。

他先撿起那根插入雞腿的鐵釘。尖頭散發出陣陣噁心的臭肉氣味。他甩了甩，綠蒼蠅就飛就繞。平時，在社區裡，高丁很少看見成群的綠蒼蠅，但只要有蟾蜍、青蛙、蛇、紫嘯鶇這些動物鳥類一死，這些綠蒼蠅就會飛撲聚集。牠們平常躲在哪裡？又為什麼那麼大量，綠蒼蠅是孵卵的？這些問題，困擾高丁好長一段時間。他再往登山步道入口踏出一步，蹲下去，用力拔起另一根鐵釘。一如往常，那被高丁釘了的小小地洞裡，就慢慢湧出液態的泥水，再一會，就會滲出乾淨的泉水，時多時少。

那時，另一個社區成年人從同一排階梯屋走下來，看見了高丁正在做的這些事，又開口說，「丁子，你現在，連雞腿都能釘出水來了？」

高丁自小被叫成丁子。一方面因為高丁的父親是社區的水電員，除了換修瓦斯爐、更換老舊水塔管線機組，偶爾也幫忙做做房子裝潢整修，以及維持社區路面平整的臨時粗活。高丁從小就經常被社區居民開玩笑，希望高丁的父親敲個牆，或是在社區道路釘釘挖鑿柏油路面時，能挖到一條地下水脈的湧泉，解決社區旱季缺水的問題。高丁出生之後，社區就丁子、釘子、盯子、叮子……這樣完全不管哪個字地叫喚高丁，不知多少年了，都是成年人開他玩笑時的暱稱。

「丁子，你能從山坡釘出點水來嗎？」

「釘子是要能用的，才是像樣的丁子，對不對？」

「丁子，今天不叮野狗呀？」

「你別老張大眼，這樣盯著水管，自來水也不會上山的。」

「蚊子叮你，會吸出血來。丁子你往哪邊叮，哪邊就能吸出水來嗎？」

「丁子，你當孩子王最好，好好釘住社區的這些孩子，不要讓他們溺死在藍溪裡，不要讓他們被野狗拖走……」

這類話語，一年一年住進高丁的後腦勺。他一直有疑惑，為什麼大人總是希望馬路破皮？為什麼那些一個人獨居的社區成年女人男人，會花錢買狗罐頭狗骨頭，一直餵野狗？為什麼社區小孩會在社區裡失蹤？為什麼水塔被風吹倒了，也不會倒出水來？為什麼小孩非長大不可？只要他搔搔頭，這些話都會跳出來釘他、叮他、盯著他。不知多少年，高丁在風吹不動頭髮的月份，或者颱風閃電劃過毛玻璃窗的月份，甚至是太陽會燃燒乾燥落葉的月份，都會想著這樣一個問題：這麼多年過去了，有很多原本只是大他一些的社區孩童，突然在某一天變成長大的成年人之後，也跟那些成年很久的大人，一起說著同樣的話。他們都會說，也只會說。但說這類的話，並不能解決社區沒有自來水和野狗愈生愈多的問題。

社區距離山腳下屬於市公所管理的產業道路，就算是彎彎曲曲的連外道路，也不過一百公尺。那裡就有乾淨的自來水了，不是嗎……為什麼？

在領著兵團這一小隊走回指揮室的路上，高丁又重新想過這問題一遍。

他邁開步伐，行軍一樣走著，突然直挺挺停在差不多是社區中心地帶的道路，高高舉起削尖頭的空心鐵管，用力往破了洞的柏油路面用力一釘。跟占領之前的那段時間一樣，並沒有任何泉水從空心鐵管裡湧出來。跟著高丁的兵團孩童，全都停在他背後，轉眼擠眉，但沒有人多話。直到豆子從雜貨店階梯走下來，對高丁說，「我們會解決自來水的問題。我們會跟其他社區一樣，有一條水管，把乾淨的自來水輸送上山。」

高丁拉出鐵管，空心裡的地濕氣全都被他發燙的手心給蒸發。柏油路面的破口，只有乾燥的黑礫石和黃垢土，還有少數的彩色的小石塊。高丁蹲下身撿起紅蛋色、銀髮色、鐵鏽色的小石塊。它們凝固成晶塊，都有一種空心的輕。輕輕一捏就鬆碎成沙。高丁注意到捏碎的紅蛋裡藏了銅板色的土，抹去鐵鏽後，又看得見麵粉的米白，像是小石塊裡還有小泥球與更小的小土粒，會剝落更多的彩色。

「我查過資料，這些都是社區以前鋪路買來的土石，很多都是被紡織工廠、石化工廠排污的污水染色的泥土。」豆子說。

「都是重金屬，還要花錢買？」肉彈脫口說。

「比較便宜。」豆子回答，聲調轉小，「高丁，這也是我們兵團需要解決的問題嗎？」

「豆子，你要叫他首領。」肉彈發難指責。

「我還叫不習慣。」豆子說。

「都占領社區這樣久了？而且，這條規則還是你自己訂的。」肉彈說。

「我知道。」豆子看一眼高丁，發現他沒看她，才說，「下次我會改口。可以嗎？反正，我們就是問題社區。」

「什麼問題社區。」肉彈問。

「新城社區，就是一堆問題組成的社區。不是只有自來水跟野狗，我們還有廢土、被人偷倒垃圾、山老鼠的問題。如果我們沒有處理好大便跟尿，流到藍溪，最後就會流到山腳下的自來水淨水廠，污染整個山下城市的飲用水。」

「那很好啊，他們不給我們自來水，我們就給他們我們的尿。這不是很公平，對不對，首領？」

高丁其實沒有理會，想了好一會，拍掉手中的多彩粉土，重新握緊手中的鐵水管，走上垂直階梯，一階一階往上走過雜貨店。在走往兵團指揮室的平坡馬路上，高丁沉沉說，「新城本來就不是有錢人的社區。泥土污染和其他問題，不用兵團解決。」

「我們連乾淨的自來水都沒有，管他們怎麼。」一位兵團孩童也發難。

「對啊，山下有野狗嗎？會吃他們的小孩嗎？」肉彈咬牙磨嘴補充說。

高丁一行人繼續走往兵團的指揮室。每一位兵團孩童都愈來愈熟悉兵團運作的各種行動。行動之初，豆子就說過，時間久了，孩童也能熟悉社區事物。只要每一個兵團孩童能跟上規定、熟悉接管之後孩童被要求的日常生活，那麼就一定可以做好這所有的行動。只要熟悉。熟悉巡邏路線，熟悉水與電的節省管制，熟悉蔬果肉雞的食量掌握，熟悉各路小隊每天的晨間跑步、午後閱讀寫字這些種種的行為管理，就算不召開社區里居民會議，兵團孩童一樣可以成功接管新城社區。

「就像是熟悉陽光一樣。熟悉之後，陽光也會記住臉的溫度。」高丁曾經做出結論。

如此熟悉的陽光，一如占領前光耀耀穿過兩排櫸樹和長形箱子堆疊的二路頭的幾棟別墅。社區沐浴在這種光感裡愈久，就會漸漸分出層次，陽光會停在新別墅、中古華廈和老公寓的不同樓層、不同牆面，記住新城社區每一戶人的臉。

沒有預警、也沒有巡邏孩童回報，這一天的陽光遲了。社區的天空被巫女不知燒了多久多少的濕柴黑煙，燻得陰灰灰的。等到太陽有機會露臉，在飛碟噴水池裡落下無數眼睛的時候，皮皮受命，從樹梢跳到管委會辦公室頂樓，檢查電視天線調整接受無線電波的角度。皮皮邊移動T字形的天線，就會從牆邊的窗戶傳來——皮皮，錯邊了。皮皮，再動一下。皮皮，可以了，就這樣，先不要動。皮皮，又看不見了，再動一下——這類的話語。

喊話的人是小金波。深夜的幾陣強風，把電視天線吹瘦，只剩細細的歪身十字架。這時電視會出現橫向粗粒子線條，畫面一直往上跳。每跳一格，間隔最久也只有眨幾次眼皮，但聽不見氣象新聞播報的聲音。

「小金波，怎麼樣，是颱風嗎？會來嗎？」高丁說。

「報告首領，剛剛聽到有颱風形成，有機會過來，最快是下星期一會靠近，不過中間會不會又跑掉，現在還不確定。今天早上我去看過二路儲水槽，水位又更低了。」

「不能再等了。還有什麼天氣預報，是我們需要知道的？」

「沒有了。」

「有其他新聞嗎？」

「首領……也沒有。」

皮皮從屋頂跳回到最靠近的樹梢上。孤兒松鼠也從皮皮背後鑽出來，跳上更細的樹枝上，繞了一圈，又跳回到皮皮的頭上。瘦得可以飄上綠楓葉葉尖的皮皮，蹲下身，學孤兒松鼠那樣四肢抓著樹幹，對著那口會說話的窗戶提問，「有提到我們社區嗎？」

「沒有……從兵團接管到現在，都沒有看到跟新城有關的新聞。」

高丁走到窗戶旁，透過綠色的紗網看著被綠葉遮蓋的身影說，「皮皮，廣播呢？有聽到嗎？」

「報告，沒有。我每天都有聽廣播，也沒有聽到任何消息。沒有颱風，也沒有我們社區。」皮皮說完，孤兒松鼠也瞪著小眼珠子，盯著高丁。

社區的住戶總人數不多，大人們也分散在不同的公司，這樣住在一起的一群成年人，長時間沒上班，沒有引動各公司行號員工曠職的異動，也無法挑釁新聞媒體記者注意。在行動之前，高丁和兵團五人小組確實討論過，在切斷電話系統之前，是否要分別打電話到各公司，替社區成年人提出辭呈。轉來轉去，最後都是這類的提問——社區外的成年人，真的會發現隔壁鄰座上的同事，消失不見了？打卡鐘上一格的那張上下班出勤卡，停在兵團發動泡沫行動、占領社區的那個月的那一天，之後都沒有新的進出記錄，會有其他社區外的成年人在意嗎？不，孩童兵團的五人小組投票，都認為山腳下的那個城市，不會有成年人發現。就算有人發現了，頂多也只是B. B. Call傳呼機的結果。

五人小組都舉手表決同意，在行動之後，唯一需要關注的，只有B. B. Call。高丁指示各路小隊的兵團孩童，要先把家中成年人的所有B. B. Call收集起來。沒有孩童的家庭，則由各路小隊長一一帶隊搜查。統一管理的頭個星期，B. B. Call都曾經嗶嗶跳響。只要閒置不回應，第二個星期就逐漸遞減。現在，不停累積的星期數過去，陽光最炙熱的時間，拖延到傍晚，很多B. B. Call的電能都飽和撐著，但全都冷卻下來，不再嗶嗶，不再震動。高丁也愈來愈確信，整個新城社區的成年人，如果集體死亡，血肉腦袋被野狗啃食，骨骼被那些巨大尖銳的臼齒咬碎，最後一一消化排泄成道路上的一坨狗糞便，那個可以全景看見的山腳城市，也不會發現這些各個領域裡的成年人不見了。

「這樣他們和社區失蹤的小孩，有什麼不一樣？」

少話的皮皮曾經在一次兵團管理討論會上，掛在窗外的鐵欄杆上，說了這句讓各路小隊長都落入思考的話。現在的皮皮，從樹幹上站起身來，恢復成兩隻腳的孩童，接過高丁投擲過來的目光，看向社區空曠北面。透過皮皮的眼珠子，高丁可以看見藍溪。越過藍溪，就可以沿著一大片低海拔的墨綠色樹叢頂冠，像滾棉被一樣一路滾到山腳城市的南緣區塊。在視線可以落腳的盡頭，是城市最北的山身，橫躺在出海口的身邊，把海水都擋在外頭。皮皮看不到海水，但高丁曾經看到河口接連出去的那片大水。只不過，在這兩座南北橫山之間，那個沒有謎語的山腳城市還是待在那裡，並沒有因為孩童兵團占領接管新城社區，而發生更不一樣的事。

「皮皮，你在上面，都在看什麼？」高丁記得，曾經這樣問。

皮皮一如往常，停頓許久，沒有聽見似的，直到另一棵樹冠的風爬到他身邊，他才回應，「看樹的蟲洞，看那很遠那座山，看腳下的城市。」

「為什麼看它們？」

「不是看……是跟它們說話。」

「為什麼……不跟我們說？」

「太累了。」

「我們小孩也是嗎？」

皮皮回到沉默，什麼也沒說。一整個下午，沒有跟任何孩童對話，也沒有回應高丁的問題。他無聲來回奔跑，在樹叢與兵團指揮室的屋頂之間，確保電視天線可以正常運作。平常日的工作時間，指揮室的電視是一直開著的，但音量被控制得很小。持續播送那些成年人和孩童都不感興趣的電視節目。肉彈也安排了一個全天的留守班次。豆子說，二十四小時都有孩童看守電視，也同時駐守指揮室。豆子的行動守則裡，有規定兵團孩童可以在晚餐時間看電視。這段時間裡，舉凡有孩童的家庭，孩童可以不受約束看卡通。這也是孩童兵團一天裡，集體回家休息並吃晚餐的時間。

二丁靜靜出現在兵團指揮室時，已經接近看卡通的時間。這天輪流負責看守的孩童，是四路的小隊員。個子小小的，長相也不怎麼起眼，就像二丁他自己。二丁背著一個插了硬木板的後背書包，跟這位小隊員點頭打招呼時，小隊員如同近期訓練遊戲教導的那樣，雙腳合併、站直了一次。巡邏小隊隊長肉彈說明，這就等於敬禮一次。社區兵團孩童碰到五人小組與首領高丁，都要這麼做。

二丁打開錄放影機，將一塊ＶＨＳ卡式錄影帶推送入匣，靜靜盯著電視螢幕。他必須為那些在卡通時間執行社區工作，包括了，巡邏、站崗、督察養雞場、養菇房成年人運作的孩童們，以錄放影機錄下這一天的卡通節目，讓他們在吃完飯後，可以統一在指揮室看新一集的卡通。

今天是北海小英雄，不是二丁喜歡的霹靂貓。按下有一個紅點的錄製鈕之後，他就一直在那些線條誇張的北海波浪，與看起來不特別冷的海面之間，尋找自己的倒影。他還試著計算波浪的數量，或者把身體撞上海盜的木船，或是記下這一集配角們說過的話。很快地，片尾曲就被播送出來。切掉錄製鍵的同時，錄影帶就被推出來。二丁用橡皮擦塗掉上頭的鉛筆數字編號，改成了這一天的卡通集數。再一會，電視進入新聞播報。二丁把音量調得更小。他在膨脹的螢幕表面，再次尋找自己被不同畫素染色的孩童身體。當愈靠近電視機，倒影的頭就愈大。二丁往後站，倒影的個頭就慢慢縮小。直到電視螢幕裡自己的身軀，和新聞主播一樣大小，他就橫向移動，校對上半身靠近主播台，把自己壓印在主播身上，變成了大人的尺寸。

「你什麼時候換班？」二丁突然開口問那位留守的四路小隊員。

「晚間新聞報完之後，就會輪下一班。」

「你過來看一下。」

「我不喜歡看新聞。」

「不是新聞，是我。」

留守的四路小隊員靠前過去。二丁指著螢幕裡自己與主播重疊的身體，要這位小隊員注意看。二丁小步小步往前走，靠近電視螢幕。他的電視倒影慢慢變大、覆蓋全部的主播，最後幾乎占滿全部的螢幕映像管。

「這樣就可以長大。而且可以大得超過大人。你知道嗎？」二丁說。

「報告二丁隊長……這樣很無聊。」

「為什麼無聊？」

小隊員被二丁的問題困擾，支支吾吾，「長大……跟兵團準則有衝突。」

二丁想了一會才說，「我問你，你喜歡現在的工作嗎？」

「站崗嗎？」

「不管什麼工作，就是兵團交給你的工作？」

「我很喜歡。報告二丁隊長。」

「是嗎？」二丁停頓話語，慢慢往後退，又把螢幕裡的自己慢慢縮小成孩童，「我不喜歡……為什麼我不能跟其他人一樣，這個時候都在家裡吃飯看卡通？還要來這裡錄影。我不喜歡，一個小孩要做這樣的工作。我問你，你是真的喜歡？」

四路小隊員的臉上，有種藍鵲盯看社區孩童的表情。

「放心，這不是你對兵團的忠誠度測驗。我不會報告首領的。你可以告訴我，沒關係。」二丁靜靜說著。

「現在由我們接管社區，我覺得很好……如果這些事還是由大人來做，會更好。不是我們小孩做不到，我的意思是，大人做起來比較輕鬆。」

二丁沉默了好一會才提問，「如果兩個讓你選，一個是讓社區成年人去巡邏站崗，跟市政府談判自來水上山，還有解決野狗，另一個是你自己長大，去做這些事，你會選哪一種？」

「自己長大之後再去做。」四路小隊員毫不猶豫。

「為什麼？」

「我們長大了，還是要做。現在當一個小孩，比較好玩。」

「你是四路的？」

「報告，四路進去的第三棟公寓二樓C室。」

「你們四路有很多人跟你一樣……也這樣覺得？」

「我們有些小隊員聊過……不然你覺得，大人喜歡他們現在的工作嗎？我是說養雞場的那些事……」

聽到養雞場，二丁不由自主摸了書包。裡頭有一本專門登記養雞場肉雞數量與社區每戶配額量的作業簿。他用正字的筆劃，標示數量。一個正字五隻雞，另一行的正字，是各路各戶的人口數。雞的正字寫多而完整，人的正字多半是湊不成一個完整的字。有時，二丁也會使用正字來註記從這一天又經過了幾天。天的正字可以成排，一落落的日子在筆記本裡刻著多少肉雞被多少社區住戶吃掉。兵團接管社區的日子，一個正字一個正字，接數日夜，接數溫差。雞腿菇培植的技術，也是一個正字一個正字，愈來愈成熟。光是五路、六路一樓的庭園，早已無法圈養所有培植出來的肉雞。孩童兵團在位於五路、六路交接處的中央廣場，圈圍出一個巨大的養雞場，容納更多肉雞，也方便區隔出只有一隻腿的雞、長出身體的幼雞，和可以奔跑也需要進食的成熟無毛肉雞。如果不這樣分區管理，很多只生了一隻腿兩隻腿、身體都還沒長出形狀的肉雞，就會被其他又餓又渴的成雞啄爛，當成飼料吞嚥果腹。

只是中央廣場養雞場就分跨這兩路，究竟由五路還是六路的成年人，處理餵食、分區管理、清洗遍地雞屎和再生堆肥的工作，成了孩童兵團接管之後最大的爭議。在少量樹葉落紅時，四路和七路的成年人，也開始抱怨雞屎的臭味和雞群在深夜的吵鬧。如果不餵飽那些長出雞冠、喙也硬實的食用肉雞，牠們在凌晨就會餓得鳴叫。先是第一隻、第二隻，等第三隻開始叫，就會是一群一群的咯咯咯。跟著迴風旋轉飛起又落下的雞鳴，會弄亂天亮的鬧鐘，讓兵團孩童和社區成年人都摸黑起床梳洗，才發現只是凌晨三點。如果不把雞屎沖乾淨，劃起那些混著水與屎的濕泥雜草，用小台車推到十路外邊的堆肥場，等太陽曬過正午，再靜靜浸泡一夜，隔天清晨，整個新城社區，就會在二、三樓之間的高度上，飄浮一層約莫一個孩童身高厚度的灰白氣體。這些惡臭氣體，一如是飄浮在山腳城市高樓大廈上空的粉層污染，從遙遠這邊的山腰看過去，可以看見它們的顆粒。這一層飄浮在社區上空的塵埃，不只有雞屎臭，還有香菇發爛後的腐壞味。一般從南邊偷偷翻過後山頭爬進社區的落腳風，根本無法將腐與臭吹散，必須是直接從北邊海口一路灌進新城的冷鋒，才能擾動這一層輕於空氣的流體污穢。

小金波觀察過這層密度紮實的臭氣。偶爾來一陣勇敢的翻山風，不打算落腳，一吹拂，灰白浮層就轉成鬼馬小精靈，飄移推擠。一靠近社區路面，每個成年人都得戴上口罩或用衣物掩蓋口鼻。晨跑鍛鍊身體不足而比較虛弱的孩童，還會引起昏眩或更嚴重的嘔吐。

這股從養雞場飄浮的惡臭，也讓兵團在安排五路、六路社區成年人工作時，面臨到問題。最先是五路小隊長回報。五路成年居民抗議工作分配不均。幾乎五路所有的成年人，都提出說，除了養雞場工作，還要面對坡地修補與重新種植草皮的工作，如不修補，遇上真正的大雨與地震，坡地崩塌，不單單是五路，就連沒有接鄰坡地的六路、以及七路、八路，一樣也會因土石流遭殃。住在六路的成年人則是反駁，他們被分配到的工作是要維持社區中央公園的整潔，以及籃球場、網球場，還有最重要的兒童遊樂區的設施維護。六路的小隊長回報說，六路成年人的社區工作，對孩童兵團的假日休閒是非常重要的。

在臨時討論會上，也不是所有的兵團五人小組，都認同五路和六路小隊長回報的成年人意見。

「五路的工作是五路以下坡地住戶的安全問題，是大工程，不能被太多其他外務干擾，才能確保安全。」小金波說。

「五路那些大人，從來沒有參加自來水上山的討論會。以前，五路的野狗最少，他們也沒有處理野狗問題。他們不會因為是我們的事，比較嚴重就先執行，他們也不會認為孩子的事，是重要的事。現在被分配養雞場的工作，是臭才抱怨的。會注意到野狗，也是他們要吃的雞被狗吃了，不是因為小孩被吃了。這就是五路的大人，我知道。」肉彈說。

「肉彈，你用什麼判斷？」小金波質問。

「我自己。」

「這是什麼意思？」二丁也皺著眉問。

「我出生之後就一直住在五路……我妹妹也是。」

原本已經舉手要接續討論的豆子，也不開口了。就連皮皮肩上的孤兒松鼠都閉上啃咬堅果的小嘴。

「皮皮覺得呢？」二丁突然開口。

「我聽首領的。」皮皮的回答從窗外飄入指揮室。

五人小組都在等待，等待首領高丁的決定。而高丁沉思了好久，直到堅果都被松鼠的唾液溶解了，才開口說，「這一次，我們必須讓大人知道，有關小孩的事，就是應該要先處理的事。這也是我們為什麼占領跟接管社區的原因。這跟公不公平沒關係，不過養雞場的工作管理安排，我想交給肉彈做決定。」高丁說。

突然間，肉彈啞然，不知高丁的用意，也不知如何做決定。停了一會之後，他看了高丁一眼。見高丁一臉篤定，又再看了一眼小金波。小金波推推鏡片已經布滿髒油花的銀框眼鏡，雙手一攤，把問題回丟。肉彈張開雙手，用力拍打臉頰，圓鼓鼓的肉圓幾次來回就拍紅了。微血管很快就破裂。其他兵團孩童都等著，等著臉頰由紅轉成油亮的青紫，他才說，「差不多三分之二的養雞場，落在五路的彎道上……我想按照一開始豆子的社區工作分配原則，工作區靠近哪裡，就由哪一路執行。養雞場的日常工作，由五路的大人負責。」

「不能分工嗎？三分之二歸五路，三分之一歸六路？」二丁脫口說出。

「不行。」豆子說，「我也不認同肉彈，不過我更不相信五路六路的大人知道什麼是分工……最後一定會兩邊都在推工作。」

二丁看了一眼高丁。高丁沒說什麼，也沒搖頭，但眼睛瞪得大大的，看得出來有一些怒氣。二丁身子往後退縮。

「只要有人清洗養雞場的雞屎雜草，不會引起惡臭，不過更麻煩的是，野狗會來攻擊雞舍，咬死雞之後偷走，現在還不會影響雞肉的分配，不過這個問題不解決不行。」豆子說。

「報告首領，那就在中央養雞場安排一個特別的警衛班，由六路的大人輪流站崗，防堵野狗？」肉彈說。

「不行。」高丁說。

「為什麼我們不能規定他們去養雞場站崗？這樣野狗不是更害怕？」二丁追問。

「警衛巡邏跟站崗，是管理社區的事。跟種菜養雞不一樣，不能讓大人去做。」高丁說。

「為什麼他們不能做管理社區的事，我們又不能用他們的方法做事？但你又規定我們要用大人的方式講話。這樣不是很奇怪？」二丁說。

二丁這一輪繞了圈的提問，也讓高丁遲疑了好一會，他才慢慢對兵團指揮室裡的孩童說，「因為我們現在還是小孩。我們要用小孩的方法管理社區，解決問題。學大人開會、說話，都是行動的一部分。這樣大家了解嗎？」

二丁又想要開口，但著實地被小金波往後拉退了半步。

「報告首領，那……誰去跟五路的大人說這件事？」五路小隊長發問。

「你是五路小隊長，你不能去告訴他們，這是兵團最後的決定？」豆子罕見生氣說話。

「報告首領，這件事我去說吧。這是我的決定，我也住五路……」肉彈說。

一時間，大家都安靜下來。只有豆子的腮幫子氣呼呼。高丁還沒有允諾，二丁又插話說，「報告首領，養雞場的生產線是我負責登記的，我可以去跟他們發布這個兵團的決定。」

二丁臉上充滿高丁熟悉的期待。

「這件事由肉彈去執行。」高丁沒有考量，立即做出決定。他沒讓二丁發問，直接跳到下一個有關警衛巡邏的問題。

「警衛巡邏，還有什麼問題嗎？為什麼不能讓我去發布命令？」二丁追問。

「這件事我回家再跟你討論，現在沒有交給你發言。」高丁帶著怒意說。

「可是，我們占領社區那麼久了，為什麼還會有巡邏的問題？」

「你閉嘴。」高丁突然大聲喊。

豆子趕緊拉住二丁，用食指抵住被氣溫烘得粉紅的嘴唇，示意要他真的閉嘴。

「二丁，社區警衛巡邏，是真的需要討論……」肉彈愈說聲量愈小。

以前的管委會，經常是排定了班次，但是卻沒有警衛巡邏。那些報名社區志工的成年住戶，每個月領走幾百塊錢的大人們，並不一定會在崗哨警衛亭簽完名之後，真的騎上50ＣＣ的百吉號，從一路騎繞整個社區到十路。孩童兵團接管新城社區之後，每天都會有夜間巡邏。夜間巡邏隊由肉彈負責選人，組織排班，再由各路小隊輪替交班。一開始，肉彈有試著讓會騎摩托車的孩童，騎著會溶入天空的藍色百吉號進行巡邏。只是有一班次，一位小隊長弄錯腳排檔，差點暴衝跌落山坡，肉彈跟高丁報告，夜間巡邏隊就改成騎腳踏車。但整個新城社區建於山腰，地勢有平地也有險坡，要騎腳踏車騎上一路、二路的陡坡，變速檔根本不管用；繞到六路七路頭八路尾、這幾個超過七十度的斜降彎路，煞車皮根本就咬不緊輪框內圈。幾個小隊員撞入排水溝和路樹受傷之後，只能改成步行巡邏。

這天的白晝，新城社區的天空飄來一些灰雲，不厚，但卻引來很多孩童注意。不管是在處理回收用水的、正在收集落地蓮霧果實的兵團成員，還是那些接手白天巡邏與崗哨的孩童，全都有點不專心地仰頭追蹤那些灰雲，在過境社區視野時的變化。灰雲先是蓬鬆了，後來又壓重縮小。在大量孩童的盯視下，讓移動灰雲的白天天空都累軟了。接著幾夜幾夜不知累的夜，持續過去了，夜間巡邏的時間也慢慢軟化，落入排水溝浸泡成泥漿。等晚餐與洗澡水一流落排水溝，就滴滴兜兜把這樣的時間拉長，從這三路流濕帶到下一路，從上一路又轉進七路。幾乎所有被排入夜間巡邏的孩童，都曾說過，在這樣的夜晚巡邏社區，不會真的步行累癱，但有可能會等不到天亮。加上入夜之後，沒有楓樹綠蔭的路面，依舊延燒著白天的餘熱。那些不懂喘息的熱氣，在路燈的光罩下，浮成一粒粒的灰粉。如果有兵團孩童持續盯著這種夜間白粉，讓視線跟著它們上浮上飄，就會逼出他們鬢毛和額頭的汗滴往下流，滲透一天比一天更洗不乾淨的內衣褲，惹得孩童們煩躁，忘了撕下牆壁上的日曆紙。

接管社區之後的時間一直都懸掛在牆壁的日曆紙，但因為這一股熱燥，每個孩童的日期都走到不一樣的位置。有些還停在杜鵑會開花的時候，有些走到大量鍬形蟲爬上社區階梯的日子，有些已經提前走到馬陸鑽出排水管、彎捲身體等待死成空殼的季節。當日曆紙在各種花朵花紋的壁紙間走到這樣的季節，野狗群在入夜之後的活動，也開始變得頻繁。

月亮就快圓滿那天夜裡，幾隻野狗，從飛碟噴水池旁的斜坡上奔竄出來。牠們跑過廣場柏油路面的時候，粗裂的爪子刨起黑色的小石粒，把夜間的地面刷得厲厲響。這一群野狗當中，有兩隻站到飛碟噴水池的圓環座台，認真嗅著磁磚，彷彿那些錯亂的縫隙裡，藏有孩童兵團的祕密，而這兩隻偵察狗可以吸出兵團的下一步行動。

野狗群當中最壯碩的一隻，端高警戒的肩頭，一邊隆起一邊落下，慢慢經過肉彈負責的大門口進出警衛亭。警衛亭裡值班中的兵團孩童被這隻野狗一瞪，便不敢多動一下。夜色底下，牠的花色被諸多燈影隱藏。盯著野狗的值班孩童守衛，心臟撲通壓迫胸腔，直到心臟膨脹起來，擠壓胸腔的皮膚也跟著節奏不停隆起。其餘的野狗，持續在飛碟噴水池周邊徘徊，並沒有要離去的意思。突然間，飛碟噴水池的噴水柱突然奔高出一截水，驚嚇到野狗群，就在這時肉彈帶著一隊巡邏小隊趕到。那隻壯碩的領頭狗，在悶熱的空氣裡嗅出什麼，轉頭改盯著前來的肉彈。肉彈也看到他，心底嘀咕著，以前沒有見過這麼大隻的野狗。

「是野狗王嗎？」肉彈不知對身旁的哪位小隊員說。

肉彈的聲音讓那大狗壓低身子，露出尖銳的嘴角犬齒，低嗥。

「大家都先不要動。」高丁喊了一聲，慢慢從雜貨店旁的斜坡階梯，一段段露出臉頭身。

高丁盯著那隻大野狗，熟練地以手指揮噴水池廣場周邊的兵團孩童，加大包圍的圓圈，但就像每週一次的包圍行動訓練，留出一個面向斜坡草皮的缺口。大野狗注意到那個缺口，也留意到缺口兩側的孩童特別多，每個人都抓著一支網，有些大網有些小網，有些是捕捉昆蟲的尼龍細網，有些是釣魚的粗尼龍網。大野狗走離警衛亭，跑跳到噴水池的圓環台，站直前肢，挺起高高的胸膛，一躍飛進水池。其他野狗也跟著跳進噴水池。不少圍捕的孩童被野狗的集體動作嚇得往後退了一步。

「不要害怕。不要讓野狗知道你害怕牠們。我們一害怕，牠們就會咬我們。」高丁急忙拉高聲量。

「大家不要害怕。」肉彈也重複喊出聲。

噴水池的水位很低，只能沾濕野狗的腳膝蓋。牠們低下頭，開始舔水，緩慢喝著噴水池的水。幾隻不怎麼起眼的小錦鯉與吳郭魚，躲在圓池的邊角。一隻野狗踩腳，魚群就竄躲到另一邊角。

高丁慢慢將雙手縮小，兵團孩童的圓圈也慢慢圈小。他自己踩出第一步，帶頭領孩童兵團緊縮包圍圈。孩童們才走兩步，野狗群立即停止舔水，縱身跳回到水池的圓環台上。牠們的下半身濕淋淋沾著液紋，拉長毛髮，都被水的重量變得壯碩。牠們鼻孔蹭出水氣，低嗥，把噴水池都呼成假冷的季節。孩童兵團全都緊緊抓握鐵棍棒，又再踩出第三步第四步。大野狗跳回到柏油馬路，左右翻看，領頭散步似地走向圈圍的缺口，其他野狗則跟在牠後頭，跳動著饑瘦但精幹的身軀，四條腿都步伐整齊如同玩具機械狗，集體漫步走向圈圍缺口。大野狗一逼近，缺口兩側的孩童就停下步伐。他們無法再前進，在高丁的叮嚀下，他們也沒有後退，都僵在原地，任憑手中的捕蟲網和釣魚網，在夜的路燈光影裡搖晃飄飛軟軟的魂魄。大野狗通過缺口時，肉彈有想要試著開口下達捕捉的命令，牠側個頭掃射視線，肉彈的肥嘴唇就被縫住聲音。

約莫七隻左右野狗群的四腳身體，先是被路燈拉長變形，隨著牠們警覺但緩慢的步伐，又被另一盞路燈切換成短臘肉的狗影子。

就在最後一隻狗通過包圍缺口的時候，高丁衝出一聲，「抓牠。」

那一瞬間，捕蟲網釣魚網混亂地鋪蓋落地，野狗群也閃躲奔跑。唯獨那隻大野狗回頭對孩童兵團狂吠，咬住其中一支捕蟲網，也扯落另一支釣魚網。倒數第二隻野狗也意外被網中。牠猛烈甩頭，很快就掙脫。狂吠幾聲之後，也尾隨那隻巨大野狗奔竄到斜坡的林子裡。狗吠聲漸漸遠了。孩童兵團是鬆了氣，但心臟都還揪扯胸口。一支掉落到地上的捕蟲網，突然移動了。彷彿被空氣壓扁的網布，被輕輕拉動。肉彈第一個發現，喊著抓到一隻，縱身緊緊壓著捕蟲網。緊緊貼著地面的網內，什麼都沒有，只有一道黑影。

高丁走近來看，細細聲說，「我們抓到一隻野狗的影子了。」

肉彈壓住牠，嘟著嘴說，「只是黑影……怎麼辦？連狗毛什麼色，都分不出來。好像也不太凶……」

「可能只是影子，不知道怎麼掙扎吧。」豆子說。

高丁想了好一會，抬頭望向樹梢，一連叫喊幾次皮皮。一直都畏懼野狗的皮皮才慢慢現身出來。

「只是影子，皮皮你爬下來，靠近一點。」高丁說。

皮皮從樹幹上跳到電線桿，再爬到路燈頭，一路滑下到靠近路面的地方，雙腳站在一個花盆上。高丁叫肉彈把捕捉到的野狗影子沿著地面拖到路燈旁。愈是靠近路燈，那狗影子就慢慢模糊，從黑慢慢亮成黃橘。皮皮伸手擋下肉彈，要他不要太靠近，以免狗影子被路燈蒸發。皮皮從側背包裡拿出一球白毛線，交給高丁。高丁拉出線頭，從二丁的隨身包裡拿出膠布，緊緊貼在露出捕蟲網外的野狗後腿影子。

「肉彈，放開吧。」高丁說。

肉彈一掀開捕蟲網，野狗影子一下子就鑽進一旁的水溝暗處。所有孩童看著高丁空握著的白球，在掌心裡空轉幾回，被拉扯出去好長一段白毛線。它停止一會，竄上斜坡，就一道黑影，鑽入更漆黑的黑影林子深處。高丁手中的白毛線一直被拉出，持續消失在雜草的莖幹暗腳。

「首領，要我跟上去嗎？」皮皮問。

「明天吧。你在樹上，一定看得見。不用急，睡一下，很快就天亮了。」

高丁手中的毛線球一直變小。手指之間的細線甚至摩擦皮膚生出熱來。在變小的過程中，有幾次，小白線停止不動，然後又快速向前飛奔，又再停止不動，直到白毛線完全消失在斜坡林野。

「野狗群好像比較不怕人了。」豆子說。

「社區的大人，只要沒工作，全都待在家裡。路上沒有大人，都是我們小孩。」二丁說著。

「這不重要……」高丁說。

「是的，這不重要，二丁不用在這裡說。」豆子說。

「二丁，我們不需要大人。這是我最後一次告訴你。」高丁嚴厲說著。接著他轉身面對其他管理核心隊長，丟出了問題，「我們需要知道的是，野狗為什麼跳到噴水池喝水？牠們是不是也知道，社區快要沒水了。」

「牠們可以跑到社區外去找水，不是嗎？」小金波問。

「野狗都很耐得住饑餓，但渴就一定沒辦法。」二丁繞到側邊說。

「這點二丁說得對。」豆子趕緊接話，「野狗餓一星期，也不會餓死。牠們可以啃草，挖蚯蚓，吃青蛙。再不行，吞泥土，牠們都還可以撐兩天。如果沒水喝，跟我們小孩一樣，不用三天就會渴死。不過我覺得野狗不只是為了喝水……我還想不出來，是為了什麼，一定要到噴水池來喝水？」

「野狗也是有地盤的。我猜，牠們這次只是來偵察。」肉彈說，「還有，那隻大公狗，一定就是野狗王。」

「看牠的樣子，一定是。」小金波說。

「藍溪已經快要乾了……說不定今年的旱季會特別嚴重，」高丁開始自顧自地說著，「野狗一定可以嗅到這個變化。」

「書裡有寫過，動物的靈敏度很高，說不定可以嗅出氣候的變化。」豆子說著。

「野狗是想要來占領地盤的。」高丁做出判斷。

「野狗不只這些。那牠們一定會再來，而且會來更多野狗。」豆子說。

所有孩童都安靜下來。每一張臉上都扭著不同形狀的憂慮與擔心。

「豆子，我們能做什麼？」高丁問。

「加強我們圍捕野狗的練習。」豆子聲量變小說，「剛剛，大家都還是會害……」

「不用多說，我知道。」高丁凝重制止豆子的話。

「……再不下雨，野狗一定也會開始行動。」豆子說。

「豆子，就算有自來水，沒有下雨，牠們還是會行動，是不是？」肉彈語氣帶有一些驕傲。

白毛線真的消失在坡地的暗處。高丁細數失蹤的社區小孩，仰看站在皮皮頭頂上的那隻孤兒松鼠，盯進牠的小眼珠。他在動物的瞳孔周邊上的外圈，發現了遙遠遙遠的夜色，之後便對孤兒松鼠，提出問題，「缺水會那麼嚴重嗎？就像那一次……」

曾經有過，最嚴重的旱季，在管委會的輕忽下提前來到社區。也就是在那一次乾旱期，小松鼠被母松鼠遺落在樹腳邊，成為孤兒松鼠。在揮舞魔術光暈的傍晚，牠奔跑過二路土坡，會被老犬人養的幾隻狗追逐。那些有主人卻不願意回家的半野貓，有時也會假虎假威和孤兒松鼠對峙，防止牠去偷吃免費的愛心貓食。當時的天氣，也差不多像這時的社區。氣溫異常，不合季節的高溫，讓晨間的整片林子，突然舌出軟呢白煙。社區的孩子在晨間前往社區小學的路上，經常也會被這些帶著高溫的白煙遮蔽視線。這些白煙，有時會像逝去親者的鬼魂繞著小孩童玩耍。直到接連幾位孩童，被白煙鬼魂引到險坡旁，失足掉落山坡險谷。這些摔落的小孩，和那些沒有原因失蹤的小孩一樣，沒有人在低坡的樹冠、或者藤蔓的刺針口，找到他們懸掛的屍骸。

小孩在墜落時，被社區建造之前就落居於坡林裡的山神，迎風接走了。

這是當時小孩們被告知的說法。

異常的高溫會持續多久，沒有哪一位成年人可以判斷。社區管委會不得不在舌煙繞林的清晨，開始宣導，所有小孩都要結伴前往社區小學。社區的路上，每一路每一路的孩童，用一根繩索綁住彼此，以免被煙霧引誘到危危的險坡。一直到高溫退離社區，都沒有發生一串社區孩童集體被山神接走的悲劇。高丁沒忘記，就是那一次喉嚨整條如曬乾毛巾的日子，他開始前往新城獨立設立的社區小學。他一樣，也被二路的同一根繩索，綁著去上學。在那時，他便知道，社區孩童可以一路一路分類綁在一起。

把孩童用繩子串起來，可以免於失蹤。孩童全都留下，山神可能不開心，高溫離開後的下一個季節，依舊無雨，依舊是完整的旱季。

這是下一個季節來到時，社區成年人對旱災的解釋。

在高溫隱隱決定離開之前，高丁跟隨母親去市公所派駐社區的臨時水車，提水。水車就停落在噴水池廣場旁。早晨，那些藤蔓、姑婆芋、筆筒樹，無聲無息吐出煙霧。就連圓石表面的青苔，都漫出冤死鬼魅的長舌，濃濃遮住走數五步之外的柏油路面。

他提著十公升容量的乳白水桶。母親叮嚀，可以跟水桶的尖嘴口說話，但不要跟白煙說話。高丁乖乖低著頭，在心底跟水桶嘴饒舌。

你的嘴，為什麼那麼尖？

你的肚子，為什麼空空的？

小孩失蹤之後，會不會比較快樂？

對了，小孩死了，是什麼？

為什麼，沒有自己來的水，要我們去提水？

社區不能像外面一樣嗎？水龍頭打開就有自來水……

在二路向下蜿蜒的路面，高丁低著頭，反覆幾個問題，突然抬頭想問母親，為什麼我們社區裡頭，沒有自來水？高丁這才發現，那熟悉的肥胖背影，為什麼沒有在前頭，撥開那些彈舌發音來來來的煙霧。

那或許也是第一次，高丁思考到有關社區沒有自來水的問題。

在嚴重乾旱的前一年，山腳城市引進了劃時代的電腦，高丁也跟著父母離開社區到都會區遊玩。那時他就發現，公共廁所便盆沖出來的，都是自來水。他曾經盯著白亮可以看到自己倒影的馬桶，將那些糞便沖走，居然還繼續流出乾淨透明、可以看穿的自來水。他趴跪在火車站的廁所裡，心臟脹得比社區雨天的蟾蜍還要大。他伸出手，碰了一下馬桶水。他注意到指甲縫裡還留有前一天社區沙坑的泥塵。他伸手先舀了那水，一根手指一根手指清洗指甲縫隙，也搓揉掌心。來回兩遍之後，高丁才用白嫩、發著水皺的手，勺起一滿掌窩公共廁所的馬桶水，送進嘴裡。

那就是自來水。絕對乾淨的自來水。

在那之後，高丁也在山腳城市的公園、百貨商場裡，喝過幾次自來水，但都不及第一次的記憶。

那馬桶水嚐起來，有一種新式電梯大樓外牆磁磚的涼意。可以嗅到沙拉脫洗過五爪蘋果的香氣。剛碰到嘴唇時，水的邊緣有些硬度，不算刺，但有種它很想讓人多喝幾口並努力鑽進口腔的企圖。當馬桶水翻過門牙，流經牙齒與牙齒之間的縫隙，會讓一整片的牙齦變得軟嫩，也敏感得稍微用手指一壓，就會生出伸手去搔抓胯間隱癢的衝動。高丁試著讓水體在舌床上轉溫開花，久久了，也沒有凋落出任何城市人的特有屎尿口感。他沒有第一時間吞嚥，讓漸漸變溫的馬桶水，卡在舌根和喉管的上頭，呼嚕嚕持續加熱。就在那一刻，高丁才嚐到極為細淡的、帶有甜味的化學藥味。那是剛用牙膏刷完牙又偷偷吃了七七乳加巧克力的苦與甜。然後他才把這一口自動沖出來的馬桶水，吞嚥，滋潤一整條不長的喉嚨。

不能直接喝的自來水，跟社區的水一樣，都可以解渴。

高丁一直沒忘記第一次喝到馬桶自來水的品嚐結語。他聽社區成年人說過，一直用自來水漱口，牙齒的黃斑會剝落，新生出孩童才有的健康潔白恆齒。還有一位離開社區的成年人，使用自來水稀釋黑人牙膏，持續喝了幾年，整個人的身體就會自動換血，治療好敗血的癌症。如果孩童這麼做，可以有機會完全預防季節交替時的發燒感冒。

對於那年紀的高丁，自來水，就是山腳城市裡的所有，一座城市的一切。

在那次與母親出門提水之後，高丁一直反問自己，如果社區有自來水，那天一早，就不需要出門提水。那母親和肚子裡不確定是弟弟還是妹妹的另一個小孩，就不會一起消失在前面的白煙。長大一些後，高丁才從同學口中聽說，巫女不知道跟哪位社區成年人說了，不是高丁的母親被鬼煙牽走了魂魄，而是她肚子裡的孩子，過了頭三個月，已經有自己的魂魄，是小孩的魂魄牽引母親的身體，才被一滾畫出來的煙霧，重重舔了一身濕氣，滑落斜坡。

高丁還記得，母親並不是在跌落到山坳時，就立即死去。

他在山腳城市的市立醫院聽見醫生說，那另一個不知名的小孩，可能是弟弟抑或妹妹，已經死在母親的腹肚裡。母親在醫院裡住了幾天，返回社區家中，身體就開始慢慢脫水，愈來愈乾、從床邊側面看去，她也愈來愈薄。如果母親沒有真正死去，高丁擔憂，她會脫水並完全乾燥成一條被社區廢置的毯子。

在母親脫水的這一段時間，二丁來到家裡。父親對母親說，這是從社區外走進社區的孩子，希望我們能養他。母親沒有說好，也沒有拒絕，身體還是持續脫水。二丁還沒習慣叫母親，母親，母親就去世了。母親去世之後，父親給了抱回來的那個弟弟，新的小名，二丁。就是第二位孩子的意思。這時的二丁，在父親向鄰居的解釋中，變成了不是從社區外走進社區的孩子，而是從醫院抱回來的孩子。父親告訴高丁，這是他能為母親做的唯一的一件事。至於是從哪家醫院抱回來的？二丁原本的名字？實際年齡幾歲大了？這些，高丁都沒聽父親說過。父親唯一的回應，說他就叫，二丁。比高丁小，是弟弟。之後就沒有更多解釋。他們陪伴彼此，身體十分緩慢長大。新城社區的其他鄰居們，並沒有成年人真的在意。只是社區小學的同齡孩童，還會追問二丁，究竟他是高丁的哪一種弟弟？直到占領社區不知多久後，孩童兵團當中比較熟識的幾路小隊長，還是會開玩笑問，二丁隊長，你是哪一種的弟弟？二丁的回應也有點改變，他會說，我是首領高丁的弟弟。

「父親說，我不是誰，就只是你弟弟……做什麼事，都要跟著你。」二丁曾經這麼告訴高丁。

母親臨死之際，高丁又問了幾乎沒有水分的她，為什麼我們社區沒有自來水？如果有自來水喝，母親的身體是不是就不會一直失水乾扁下去？母親沒有病痛的扭曲，靜靜告訴高丁，就像社區沒有任天堂遊戲機，就像你現在多了一位弟弟，這和社區沒有自來水，用的是山泉水和從藍溪引上來的水，這三件事，有可能會一直並存下去。確實，一直到占領社區之後，二丁依舊是高丁的弟弟，也沒有聽到哪家小孩擁有紅白機殼的任天堂遊戲機，或者出現一塊大家只是聽說的超級瑪莉遊戲卡。

母親被埋葬在另一個山頭後，高丁才一點一點慢慢回想起來，那天，他聽見陣陣急遽的喘息時，母親還攀附在斜坡的一角，一手抓著一顆長了青苔的滑石，另一手抓著一根姑婆芋根莖。她呼氣吸氣，立即又被周邊的白煙給吸納消化。那小心起伏的胸腔，是擔心多搶一些空氣，她就會被斜坡撐高而墜落。接著母親以很微弱的音量，說了一段話。在幾次發高燒昏厥的深夜裡，高丁一直重複囈語那段話：去提水。水車送來的，是山下來的自來水。趕緊去提水，那些自來水……社區沒有自來水……發燒中的高丁，在泥軟下陷的發冷路面上，聽不清楚母親的聲音，他趴伏在斜坡的崖邊，慢慢向前傾斜身體，撥開那些往上飄的白煙，急著要探看母親是不是還攀抓在某處，就在他可以放心全身躺入白煙時，都會出現一隻手，快速拂開白煙，重重摑他一巴掌。

高丁這時微微驚醒，看著母親緊握的雙手，拔起那根不大的褐毛根莖，先是停在半空中好一會，才迅速撞擊坡地的筆筒樹頭，嚇走一隻交配中的鎖鍊蛇，再翻滾轉身停在約莫三十公尺深的山坳腳。

有很長一段時間，高丁反覆夢見母親停在空中的畫面，醒著問她，為什麼不抓住他的手，卻抓著那根姑婆芋的根莖。

為什麼社區沒有自來水？

不管下了多久的午後雷陣雨，不管幾級的颱風過境，火車站的公共廁所，不管是馬桶水箱、還是洗手檯的水龍頭沖轉出來的水，都沒有黃沙。

不能直接喝，那是生水。由社區家長假扮的各科目社區小學老師，一直都有宣導，離開社區到山腳城市時，不要直接喝水龍頭的生水。但高丁和那些參加校外教學的社區孩童，全都會偷偷用水壺換裝那些活生生的自來水。

社區水龍頭流出來的水，也是活生生的水。特別是颱風過後，從水龍頭噴出來的黃黃濁濁的社區生水。孩童們不說那是自己來的水，都說是，自來蝦。

在那曾經的一年。新城建造以來最強烈的颱風，從面北的出海口直接把一整片海洋倒灌到山腳城市。透過賞鳥望遠鏡，從社區的制高點可以看見，靠山的河水淹了所有靠河岸的房屋一樓。海洋從河口那邊一路漫爬到新城腳邊。半山高的社區躲過海，只是變電箱爆炸，路樹折斷了大半。樹蛙被集體嚇死，結成一顆顆的樹瘤；飛碟噴水池滿溢到廣場，雨水騙了那些已經厭倦了日常的小錦鯉，害牠們最後在晴天的排水溝裡發臭、生長出蛆、飛出顏色不同的蒼蠅。

最強颱風過境社區之後，社區小學洗手檯水龍頭，順著水，一起沖來了很多小蝦蟆。黃濁濁的自來沙水裡，不是只有蝦蟆，還有水娘破裂的肢體、樹葉小梗和很多沒出現過在生物課本裡的小昆蟲。大多是死了的屍體，但偶爾會有活生生的小蝦蟆。每堂下課十分鐘，所有孩童都聚集在洗手檯邊，打開每一支水龍頭，放任社區水龍頭不停地自行來水，加快淨化二路蓄水池的淤泥。颱風雨後，一連幾天的放活水，是社區孩童被默許的遊戲。放活水時，只要沖來一隻小活蝦，就足以引起所有社區孩童下一堂課的口接耳朵的碎語騷動。

最強的颱風過後，社區第一次將接連一百天從水龍頭流出來的水，送交給市公所，轉請山腳城市檢測局進行水質化驗。得到的結果報告是，水的顏色接近完全透明的時候，送交檢驗的社區水大腸桿菌含量，也超過合格標準的五倍。這樣的水，和天氣放晴到沒有一片落葉時，從八路腸子小道打起來的藍溪水質，是差不多的含菌量。

腸子小道靠近八路。在八路建造之初就被幾棟沿坡道蓋起的公寓夾擠成形。那彎曲向下的階梯，從入口處往下看，真的像是一條塞滿排遺的豬腸子，一格一格堵著墨綠色的青苔，以及被掃到兩側、慢慢堆積了好幾個季節的腐爛落葉。孩童兵團的第八路小隊，每天都得派一小組，走下到腸子小道的盡頭。盡頭就是一座峭壁，下頭就是某一段藍溪的轉彎河道。從那峭壁角，也可以穿過林子的細縫，看見巫女的溪畔小屋和她的麵包窯。小道的尾部，有一個早期打撈河水的設備。孩童兵團每天都會有人去將那水桶丟入藍溪，將水打撈起來，看看河水是混濁還是清澈，也同是評估藍溪的水量是否充沛。

上一個原本以為會過境的颱風卡夫，在距離山腳城市兩百多公里的海面上，突然緊急轉彎朝北移動，並沒有帶來期待中的雨水，只有少量外圍環流帶來幾陣濃霧，把社區的路面染成深色。豆子記得，那天午間氣象播報之前，她就趕到指揮室，看著穿西裝打領帶的氣象先生，拿出一張又一張的圖卡，說明卡夫颱風的行徑路線，被電視螢幕左下角方位的西南氣流牽引，變得十分不穩定。那些在圖片上彎曲的白線，有凹有凸，豆子無法判斷哪一道是拉扯已經慢慢吸納周邊水氣形成強烈颱風的卡夫，直撲山腳城市？哪一道又是把卡夫推向北邊的另一個島國？氣象先生說明時，還用了幾張少見的、他稱為幻燈片的透明薄卡片，切換跳出近幾年來，行徑路線類似、影響因素雷同的幾個颱風。幻燈片上的那些颱風，都已經走風死去，豆子還是一一牢記，方便跟首領高丁報告討論。接著，氣象先生就開始報導當天下午以及入夜之後的天氣狀況。卡夫颱風的持續滯留與緩慢移動的個性，天氣會跟前一天差不多，都是差不多的高溫，差不多的悶熱。聽到那樣的氣象預測，豆子渾身抖了一次寒顫。她自己也覺得奇怪，推測是積了幾天的汗，悶在開始發育的乳房裡，又被指揮室的風扇吹開了毛細孔，才會在熱天的中午發現冷。在開始播報近海和遠洋漁業的海象天氣之前，豆子關掉電視機。但她想到一件事，每回氣象播報的最後，電視台會開放直播電話，為觀眾解答有關氣象的疑問。

豆子是有一個疑惑。在電視螢幕上，看不到山腳城市，也看不到位於山腳城市近郊的新城社區。只有豆子居住的島嶼。她有一種錯覺，不久之後，她應該會慢慢覺得北邊的另一個島國，並不遙遠，只要能坐上飛機，不用一天的時間，就可以沿著那些彎曲的氣流白線，降落在那個有太陽旗的島國。聽說那邊比較富裕，吃的東西比較精緻，就連蘋果都比較大顆比較甜。只是一個人坐上飛機，那就表示自己已經成年、變成大人了。她很想打電話問氣象先生，颱風天，飛機能夠起飛嗎？如果不長大，小孩能自己一個人搭飛機嗎？豆子沒有撥電話到電視台，氣象先生也沒能回答她。

強颱卡夫也如氣象先生期待的，沒有衝入豆子居住的社區。這讓豆子更加擔憂。在一路頭的楓葉全都轉成帶有朱紅斑點的深墨綠色，蓄水池的水線，就一直緊緊逼近需要通知市公所派遣水車的標記紅線。如果不是幾道走偏的冷鋒面，在遠處藍溪源頭的山嶺間，帶來幾場短暫的午後雷陣雨，社區水龍頭打開來，可能就不是沙水，而是更濘漿的泥水。

社區將持續沒有雨水的天候狀態，已經被氣象先生預測。為了確保水質與供水量，高丁聽取豆子的建議，加派了八路小隊隊員，每天早晨九點與下午五點，兩班梯次，前往腸子小道去取水，全都收集到擺放在籃球場的加蓋塑膠桶，靜置直到黃沙完全沉澱，再小心舀起上層的溪水進行使用。

一天入夜時分，八路小隊長回報，一位小隊員在傍晚要返家吃飯看卡通的集合時間，沒有報到。有孩童看見那位八路的孩童獨自走下腸子小道。隨後，幾隻野狗也跟著竄入腸子小道。不久之後，那幾隻野狗拖著某個沉重的東西，鑽進八路公寓樓的防火巷，被野薑花葉切成不規則的黑影，分批轉入藍溪另一岸的林野。

隔天天亮，晨間的第一集合時間，確定有八路小隊的小孩失蹤了。不是賴床，也不是與父母吃早餐遲了。這也是孩童兵團接管新城社區之後，第一位失蹤的兵團編制內孩童。

「他一個人去腸子小道，做什麼？」高丁詢問八路小隊長。

「報告首領，不知道。昨天不是輪到他去取水。」八路小隊長回答。

高丁前往那小孩家時，一時間還無法想起他的全名和他父母的長相。

他的父親沒哭。她的母親臉頰都是濕水，哭出淚問說，「能不能找回來？」

「身體嗎？哪一個部位都可以嗎？」二丁反問。

失蹤孩童的母親突然埋臉到孩童父親胸口，放聲哭喊。哭聲，斷斷續續被吸入孩童父親的襯衫軟布。哭聲，高丁現在聽起來，有幾段節奏，貼近社區外傳來的垃圾車旋律。那些旋律，在占領之後的這段時間，天天開到社區入山口的縣道上。那裡有兩卡巨大的垃圾箱，方便新城社區和縣道周邊的散落住戶丟放垃圾。垃圾車停留一會，把垃圾箱清空後，又會轉響熟悉的單音旋律，慢慢開往另一座山腰上的另一個社區外邊，收取更多垃圾。

高丁留意到客廳角落的大型家用垃圾桶，他走上前，用鞋頭踢了一次。加蓋的橘色桶身滾出沉沉的液體碰撞。他打開桶蓋，裡頭被襯成深橘黃的水。那些底泥，輕輕在黃水間漂游。

「是藍溪的水嗎？」小金波小聲問。

高丁落回桶蓋，沒有回應。

「要把這桶水回收到兵團嗎？」二丁小聲問。

高丁猶豫著，直到波紋完全撫平桶內的水面，他才來回搖頭，一次。

「現在……你們能接受捕狗大隊來抓野狗了嗎？」豆子憤憤說。

「豆子，現在問這個有什麼用？」小金波說。

「不，這一定要問。」肉彈堅持。

所有兵團孩童的眼睛，都盯著這對父母看。孩子的父親點點頭，母親頓了好一會，擦拭臉上的淚水，用了勁緩慢搖頭說，「不，不能接受……」她又再遲疑停頓了一下，才吐露最後一段話，「不用叫野狗大隊，你們把那些狗全殺了。」

失蹤的孩子母親盯著高丁。他沒有動作，其他圍繞的社區孩童，則被這句話和那種母親的眼睛，逼退一小步。高丁抓緊手中的鐵管，深吸深吐，「會的，我們兵團接管社區，就是要解決自來水上山，還有野狗的問題。」

「不用解決了，殺光就好。」

「野狗一定會殺。」高丁斬釘截鐵說，抿出微笑的嘴角。

豆子靠近高丁，貼著他的耳後輕聲說，「如果沒找到……怎麼埋葬？」

這聲音小小地被接到失蹤孩童母親，卻被大大擴音出來，「還沒有找到屍體，說不定還活著，不能埋。」

沒有任何一位孩童回應。他們都知道，過去失蹤的社區小孩，沒有誰被找到，也沒有誰真的回到社區的兒童遊樂區。

「用我們的方法。」高丁說。

首領的決定一下達，肉彈就帶著幾位八路的孩童，走到他們曾經一起玩鬧的孩童房間。肉彈拆開書桌上孩童與父母親的合照相框，撕去還活著的父母，收好靦腆笑著的孩童。其他人則分別拿著孩童的一套衣褲，印有霹靂貓圖案的鉛筆盒，和一頂維京海盜的塑料牛角帽。

「他很喜歡戴這頂帽子。」一位八路的孩童說。

「他每次書包裡都會放著這個鹹蛋超人。」另一位住在同一棟公寓裡的孩童，從書包裡拿出了一只手腳關節可以轉動的玩偶。

「就這些……埋在一起，應該就能知道，他是誰了吧？」肉彈問。

八路的其他孩童，都點頭認同。

離開失蹤的兵團孩童家，高丁交代皮皮，通知各路的小隊長前往二路的竹林盡頭。暫時改由各路小隊的副隊長，帶領隊員與編組工作的成年人，繼續各路的社區每日工作。皮皮與孤兒松鼠飛快奔跑在垂落的電線上，消失在電線桿與樹叢之間。高丁領著其他五人小組，和八路小隊幾個代表參與的孩童，由垂直斜坡的荒廢階梯捷徑，切上五路，再由另一條階梯捷徑，切上二路蛇背彎路的中段，再從那裡直接貫入竹林。社區孩童都知道這條舊時路線，但鮮少登走，就是要避開巫女。

竹林小徑地面鋪著一層比冬天棉被還要厚的落葉。最上一層都是淡褐色的長片葉，有些開始長出斑點，有些葉根還殘存著最後的翠綠，接連成一條斷身的青竹絲。高丁領著兵團孩童走入竹林深處。這路上，竹林裡有幾個隆起的泥土丘，圓圓挺挺的，形狀都是硬邦邦的乳房。高丁看見幾個新的泥乳房，回頭看了一眼豆子、小金波、肉彈與二丁。四個人都低下頭來，沒有人回應他的眼神。

「肉彈，社區警衛巡邏歸你管，為什麼讓大家自由進出這裡？」高丁停在一個新隆起來的泥乳房墳墓旁邊，指著它說，「埋在這裡面的，不管是什麼，都跟我們這次的行動沒有關係。」高丁轉向豆子說，「發布兵團命令，通知所有小隊長，當面轉告各路的孩童，從現在開始，禁止在竹林埋葬任何東西。」

豆子點頭，並回應今天傍晚的集合時間之前，就會發布這個命令。

「哥，不，報告首領，」二丁看著高丁腳邊的泥乳房說，「是所有的……東西，都不可以埋葬，是嗎？」

二丁視線掃過肉彈和幾位八路孩童拿著的遺物。

「是的，所有的東西。除非經過我同意……」高丁搖動最靠近他的一支，「接下來，還會發生什麼事，我們不知道。從這片竹林到祕密基地，只能留給我們小孩自己。」

走出一小叢竹林，拐個彎，落葉就漸漸淺了，底部腐爛的葉肥也單薄了。乾土丘接續過去的，是一片新生的草皮，由一顆顆的小圓石堆成一圈大圓。高丁看見這一片草地，恍惚間，記不住是在哪個夢境看過，但這一片圓石綠地，確實曾經出現。只是無法判斷，是在接管社區之前，還是在占領新城之後。有些圓石，是孩童兵團接管社區之前，高丁與五人小組，從藍溪玩水時篩選出來的。差不多鴕鳥蛋大小，差不多水泥牆顏色。他們一顆顆搬移到這個竹林盡頭的這片空地，圈起一處沒有圍牆的祕密基地。

在乾涸泥地的第一個泥乳房，高丁埋了蓄水池遇上的無主小孩上半身屍骨。接著，高丁埋了另外兩個泥乳房。一顆放了幾塊母親最喜歡的黑膠唱片，另一顆他不知道埋什麼好，只好在喪禮前，偷偷剪下母親的頭髮，裝進那天提在手中的塑料空水桶，再埋成有點方形的泥乳房。一直待在那的天空，下了幾陣無法計時的雨，泥地便自行生出韓國草皮的嫩芽，肉彈又埋了另一顆泥乳房，裡頭放置了妹妹的洋裝和紅色小皮鞋。不確知是哪一陣冷鋒造成的，草皮嫩芽引來其他錯落發芽的人工草皮。塑造的綠梗被春露軟化那天，皮皮也決定堆出一對連體嬰泥乳房。一顆是父親挺立立的軍官帽，另一顆是母親的小化妝包。皮皮真忘記父母怎麼死了，他只記得他們是一起死的。那些被掩埋的物件，都被蚯蚓鑽成了養分，讓藍溪鵝卵石圈圍的孩童祕密基地，長出更大片鮮活和塑料的卵生綠草。之後，陸續隆起的新泥乳房，都是他們六個人共同埋葬的社區孩童。有些小孩全身失蹤，有些則是從野狗嘴邊搶回來的斷手或單腳。有一座，他們埋成高原，將那次山泉水引起痢疾而集體死亡的社區孩童，全都集中在一起。高丁與五人小組分別用請求、用說謊、用偷竊種種方法，拿到死去孩童的遺物，至於誰是誰，又分別埋了什麼，都印象模糊了。

占領行動到現在，高丁看著那高原泥乳房，心底依舊慶幸，至少，他們可以組成一小隊。巡視過一輪這些大小形狀不一、有高有低的泥乳房，他指著一小塊長了短草皮的空地說，「埋在那邊吧。」

肉彈領著八路小隊長與參與的八路孩童，開始用竹桿、硬樹枝挖掘。他們先撬起一片雜交生出的綠草皮，再把挖出來的泥土堆放在一旁。

等地洞的土壤顯露一絲絲潮濕，肉彈開口，「報告首領，這個深度可以嗎？」

「再往下挖一些。」

肉彈等孩童又再往下挖掘更多乾燥的土，直到豆子開口，「就算再往下挖十公分，也不會滲出水的。」

高丁皺眉頭，要他們停下挖掘，指示把失蹤孩童的衣褲，霹靂貓鉛筆盒、海盜牛角帽和鹹蛋超人玩偶，一一壓入泥洞，再覆蓋上原來的乾泥。每一位八路孩童，輪流用手拍打，把那些只有少許濕色的泥體拍實，拍成了一顆從草皮底部新生出來的泥乳房。

「二丁，有水嗎？」高丁說。

二丁點頭，從包包裡拉出一個蘋果西打的寶特瓶。裡頭裝著帶點粉沙的水。高丁搖動寶特瓶，原本靠攏一起的泥粉，又在透明裡狂飛翻滾出無法透明的黃。

「是乾淨的嗎？」豆子問。

「報告首領，已經煮沸過兩次。這兩天從籃球場舀起來的水，都是這樣。」二丁說。

高丁打開寶特瓶，喝了一大口水。粉粉的沙粒滑過他的舌床與兩側的牙縫，撞上了光滑的口腔內壁。將水含住一會，就會發現其實是有些微甜的。但那些泥沙，讓喉嚨不容易吞嚥落胃。高丁小口小口吞嚥全部，然後將殺菌兩次的藍溪水，小流量倒落在這顆新泥乳房上。小土丘的皮膚立即吸水，先溶解出一些凹陷，慢慢地，整顆乳房就紮紮實實了。

高丁順著滴落的餘水說，「希望你快點長出草皮。這樣颱風來了，你也不會被沖走。」

只是，下一個靠近的颱風，又在氣象先生的白色曲線裡，偏北，踩著不理誰的調子，順著預測移走，遠離新城社區。這個偏北的颱風，在埋葬儀式之後的某一次隔天，帶來一種特別藍的天空。那種藍，社區孩童都知道，是颱風來臨前特有的藍。炙熱的陽光幾乎把白雲都蒸發。高丁和幾個人，一起前往蓄水池，查看蓄水量。水位已經低於警戒線太多，兵團決定發布，分路分時段循環停水的限制通知。

「自來水不上山，水的問題，就會一直持續下去。」豆子說。

「首領，為什麼最早蓋房子的時候，社區沒有接自來水上山？」二丁突然問。

高丁也被這從來沒想過的問題困頓，愣住，停留在蓄水池水表面的倒影。才緩緩生出一些解讀。

「乾淨的水，因為太簡單，才會被忽略。」高丁說。

「那些大人，一定覺得，要乾淨的水，有什麼困難的。」豆子說。

「我聽說過，社區在整地的時候，有很多次土落石，死了很多工人。一路一路三路在開發的時候，因為颱風土石流，死了很多住戶。這些問題，都比自來水嚴重很多。」小金波說。

「看起來嚴重的事，一直都會被注意。水土保持做好了，社區現在哪裡有土石流的問題？一個小孩三、四天沒有喝水，就會渴死。誰會因為沒房子住，然後死掉？在都市裡，流浪漢喝的水都比我們乾淨。水的問題，才是真正嚴重的。」豆子說。

「五分鐘沒有空氣，人就會死掉。五天沒喝水，人一定會死掉。一個星期沒吃東西，人才會死掉吧？空氣比水重要，水比食物重要。豆子，對吧？」

「空氣不會沒有，現在，我們社區沒有乾淨的水。」豆子說。

「小金波，有什麼其他辦法嗎？」高丁問。

「之前我聽過，可以從社區外的產業道路，找到自來水的主線，如果挖開來，想辦法先接水管到社區，再引到蓄水池這裡……不過，這是不合法的。」小金波說。

「只要這樣接水管上來，就可以了嗎？」高丁語帶疑惑。

「最麻煩的是，要從產業道路那邊引水上到水池，水壓是不夠的。我們要有加壓馬達才行。目前一路、二路，還有三路，房子蓋得比較高，這三路的共用水塔，都有加裝馬達。」

「如果我們有馬達，那問題……在哪裡？」高丁追問。

「要讓水壓可以上到社區，一定要用到這三台加壓馬達。我們得先拆掉。可是一拆，一路二路三路，馬上就沒有水。」

「偷接這些水管，需要多久時間？」

「接水管很快，一個工作天就夠了。白天車太多，只能在晚上偷接，比較不會被發現。比較花時間的是，找到可以用的社區舊水管。拆掉馬達……施工……停水，至少也要一個星期以上。」

「一個星期？」二丁睜大眼睛說，「哥，不，首領，一個星期都沒有水，爸會撐不過去吧？」

高丁突然安靜下來，穩定呼吸輕聲說，「他不重要。」

一片翠綠的落葉，剛好飄落到蓄水池。這座有半座標準游泳池大小的水池，還有少量的水，但那可以看見池底淤沙的景象，讓它有種會把孩童吞噬下去的饑餓感。

「小金波，我們不能先找到水管，從蓄水池這邊往外面的馬路接過去，最後再裝馬達，再把自來水抽上來社區？這樣只要停水一天，不是嗎？」

「豆子，我們不知道可以收集多少水管，如果水管不夠，從哪一邊接水管，都沒有用。」小金波反駁。

「你這個方法，一定可以把自來水引到社區嗎？」豆子說。

「不一定。那些加壓抽水馬達，都是中小型馬達，沒辦法判斷，是不是一定可以把自來水抽到蓄水池。從外面的產業道路到二路這邊，太遠了，就算拆了，也可能失敗。」

小金波的分析，讓每個人都沉默下來。

「我們一定要解決自來水的問題，不然兵團的行動就沒意義。最後只會證明，我們小孩跟成年人一樣，都沒辦法解決社區問題。」高丁望著這一大片低水位的池面，聲調像似理性的成年人，「小金波，一路二路三路的共用水塔，和加壓馬達，都還能用，對吧？」

「我檢查過，三個水塔和馬達，都沒問題。」

「拆水塔，搬水塔，裝馬達，把自來水抽上社區，小金波、肉彈，這些工作，我們能做到嗎？其他小孩能搬得動水塔嗎？」高丁說。

「水電牽管線的部分，我可以。」小金波說。

「把水塔水放掉，空水塔一定搬得動。五個不行，就十個，我們小孩有人。」

「好，那我們這樣做。先把這三路的抽水馬達都拆下來，移到警衛亭和噴水旁邊的空地。那邊離外面的產業道路，沒有那麼遠。然後，把三個共用水塔也拆下來，一起搬過來。」

「水塔也拆嗎？」二丁說。

「你先不要插嘴……我們先把自來水接到社區大門，放在三個共用水塔。一路二路三路，沒有水，安排每一家到廣場來輪流提水。如果蓄水池真的乾了，我們還有三個水塔可以暫時先解決用水。小金波，有機會把水管接到噴水池旁邊嗎？」

「如果只是拉管線到大門口，應該夠長，沒問題。」小金波說。

「只要自來水能引到噴水池廣場，用滾的，我也會把水塔滾過去。」肉彈說。

「這個辦法，就像以前市公所派水車到社區。」豆子說。

「差不多是這樣的辦法。」高丁說。

「只是如果還是不下雨，之後怎麼辦？」豆子說。

「這段時間，我們要找到更多水管，還有更大的馬達……不管之後怎麼樣，要先讓乾淨的自來水進到社區。」高丁說。

「首領，另外，還有老犬人的問題。」肉彈突然提出。

「肉彈，我知道，我們一件事一件事解決。」高丁說著，抬頭，探看蓄水池周邊的電線桿和樹幹頭，遲遲沒有找到那蹲在樹上的身影。他幽幽轉口，「皮皮呢，還沒回來嗎……幾天了？」

「今天，第三天了。」豆子說。

「已經三天了？」高丁猶疑著。

「社區的日期，這幾天，好像都不見了。」肉彈說。

聽完肉彈突然如此描述，豆子與其他孩童兵團的管理小組成員，全都露出和空氣一樣看不見壓力的擔憂。唯有高丁還陷落在不見了的那某一天。皮皮跟蹤被野狗影子拖出去的白線，越過了通電的鐵線範圍。剛開始皮皮有些猶豫，但一離開圈圍的社區，他穿梭樹幹之間的速度變快許多。孤兒松鼠一會抓著皮皮的衣領，一會又跳上細樹枝，兜轉一圈，再跳回到他的肩頭，等待皮皮找到斷裂的線頭，再跟著這下一段白線，繼續跟蹤移動。每跟蹤一截斷裂的白線，皮皮就會爬上樹頭，尋找新城社區的方位，確保回程路線。有一兩次，皮皮留意到，雖然沒有回到社區圈圍的鐵線範圍內，白線確實回頭奔向新城社區方向。

那隻狗影子在試圖繞路。

甚至有兩次，皮皮發現白線在繞了一大圈之後，交錯盤纏成一個被雨打壞的蛛網。這讓他無法判斷跟蹤的白線，是不是停止奔逃了。有一個夜，皮皮睡在分岔成四根的樹幹之間，一度在睡眠裡臆測，狗影子是不是已經死了，或者牠就躲在某個不管日照角度怎麼改變都是陰影的林地淺坑，決定一動也不動，如那些將死的老狗曾經親身示範的臨死方式，躲藏並靜靜等待，身與影都被坑洞裡的土壤吸收消化。在跳躍一束一束切開檳榔樹幹的陽光瞬間，皮皮還猜想，野狗群會不會已有共識，如果被人捉住，不管如何都不可以回到巢穴去？

皮皮在野生動物節目裡，看過類似的橋段。生活在某一片內陸平原的野狗，會在地表底下挖地洞，將小野狗養在裡頭。那些負責到原野獵捕食物的野狗群，如果被獵豹、土狼咬受傷，就會反向移動到遠離巢穴的地方，將那些更凶猛的獵食者引開，並在看似安全的樹洞或其他地洞，靜靜任憑自己死去，或被尾隨跟來的土狼獵豹吃掉。當想到這，皮皮突然停下來，不再跳躍到下一叢樹冠。他對孤兒松鼠說，「比起社區的成年人，野狗更知道怎麼保護自己的小孩。」也因這個念頭，皮皮放下跟蹤，決定返回到社區。當他在樹林間直線返回社區，第三座共用水塔已經被拆卸下樓，由七八位三路小隊的孩童，邊拉邊搬邊抬邊滾，抵達飛碟噴水池廣場。

高丁一聽見皮皮與肉彈說話聲音，快步跑出兵團的指揮室。發現不知幾天沒洗澡、手臂膝蓋臉皮都長出青苔的皮皮與孤兒松鼠，跳上雜貨店的水泥屋頂，包括隨後跟來的二丁、豆子與小金波，大家都鬆了一口氣，笑開了嘴角。肉彈一邊指揮搬運的孩童翻立水塔，也從噴水池的另一邊豪爽高聲說，「皮皮，你再不回來，我們真的開始擔心，你是不是被那隻狗影子給吃成影子了。」

「被牠吃成影子，就可以跟你一樣不怕痛了。」皮皮說。

「他是皮厚，脂肪厚，肉也厚。」小金波開玩笑。

「我是天生不怕痛。」肉彈說。

皮皮打開接到屋頂的水龍頭，水龍頭先是乾咳了好幾聲，才勉強滴落夜尿水量的黃沙水。皮皮就在灰撲撲的光耀下，從頭沖洗到腳，剔除那些躲在指甲縫的樹皮屑，也搓落那些自皮膚長出來的青苔。在清洗的過程，有許多細沙爬過手背，滾過脖頸，重重刺咬皮皮的胳肢窩。

「餓嗎？要不要先吃點東西？」高丁問皮皮。

「不餓，一會再吃。」

「跟蹤得怎麼樣？有沒有發現野狗窩？」

「報告首領，我沒有被發現。那隻狗影子繞來繞去，我想牠不會回到野狗窩。」

「野狗比我們想的更聰明。」豆子插話。

「我在三棵樹頭綁上布條，做記號，說不定距離野狗窩不遠。」

「皮皮，你怎麼判斷的？」

「味道。」

「味道？」

「跟蹤到那三棵樹，都是晚上，我有聞到野狗的臭味。好像食物發餿，又有點流鼻血的腥味。都淡淡的，不特別濃，但都一陣一陣飄過來。」

「你還記得住那三棵樹的位置？知道怎麼過去嗎？」豆子說。

「都記得。有一條路線可能沒辦法從地面過去，要從樹上才能過去。」

「記得就好。」

「這個沒問題。」

「最近的那棵樹，在哪個方向？靠近哪裡？」高丁詢問。

「不遠，越過藍溪，在巫女的麵包窯往山坡方向爬上去，應該不到一百公尺。」

「這麼近？」肉彈在噴水池廣場的另一端發聲驚訝。

皮皮點頭，刷乾頭髮上的水滴。水龍頭再咳幾聲乾燥，二丁提醒皮皮，最近循環限水更密集了，皮皮隨手束緊水龍頭。幾個孩童兵團的核心管理成員，一起走到雜貨店旁的斜坡階梯，看向巫女麵包窯的方向。在遠遠的、往下墜落的視野，一越過藍溪的方向，有滾動的、半透明的煙霧，參雜了緩慢散滾的絲綢白煙。

「巫女又在燒窯了。」小金波說。

「那麼久沒有下雨，那些木柴一定都很乾了。」豆子說。

「就讓巫女燒吧，不管燒多少，都不會下雨的……」高丁說。

「報告首領，我們要不要越過藍溪，去那邊找找看?說不定真的能發現野狗窩。」二丁說。

身後響起巨大鐵器被拍打的響聲。肉彈正在拍打那三個分別從一、二、三路拆卸下來的共用水塔。沒有注入任何淨水的空水塔，發出哐哐的空鳴，嚇走了停在電線桿上要去噴水池洗羽毛的麻雀。肉彈笑著說，搬到了，搬到了，開心得愈拍愈用力。每次揮拍，他的手臂肉就會被震得抖出微量的汗。那汗在微光裡發亮，亮得大片皮膚都是油，沒有一絲水分。

「肉彈，你不會痛，沒關係，不要把水塔打壞了。」小金波高分貝提醒。

「首領，你說呢?」皮皮擰乾衣服，直接擦拭濕漉漉的頭髮，「要越過藍溪，到那邊去嗎?」

這同時，肉彈也高音量喊說，「小金波，再把抽水馬達拆過來，我的工作就完工，接下來就看你的了。」

高丁先開口問小金波，「水管收集夠了嗎？」

「總長度我量過，目前全部的水管長度，從外面產業道路的水管頭，一路接到這三個水塔，是夠長的。剩下的……報告首領，說不定真的可以接到社區游泳池那邊。」

「可以接到游泳池嗎？」二丁睜大眼睛問。

小金波有點驕傲，點點頭說，「焊接水管的瓦斯火槍，還有防水膠布也都找出來了。快的話，今天晚上，就可以組織我訓練的小隊，開始動工接水管。」

高丁看向游泳池的方向，開口問，「豆子，游泳池荒廢多久了？」

「至少五年了。我上社區小學之前，就已經停用了。」豆子說著，想到什麼似地，「首領，你想把自來水接到游泳池？」

高丁抿嘴，只點了一次頭，對屋頂上的皮皮說，「先把路線圖畫下來，交給二丁保管。我們先處理自來水……野狗們要在社區這片山活下去，也需要我們，牠們不會跑遠的。」

夜，很近，幾乎沒有跑動，就一直待在藍天空附近，未曾跑遠。產業道路的路燈總是自動亮起。小金波和七、八個孩童，趴伏在大門口邊上，融入柵欄被路燈曬出來的暗影。這群小隊是在圈圍社區通電鐵絲網行動之後，從各路小隊調集來、比較懂水電技術的孩童，特別派配給小金波，組成水電機械小組。小金波就蹲在隊伍的最前面，一如他父親每次告知他的，轉告每一位小隊員，「一會跟著我，每個動作就照我說的，一個步驟一個步驟做，就不會出錯。」

小金波說完，飛碟噴水池與大門警衛亭兩側的路燈，也聽見暗語，瞬間熄滅。

「好，肉彈把燈切了，我們出發。」

小金波帶領著這群孩童，第一次走出兵團占領之後的新城社區。沿著下坡的蜿蜒馬路，跨過第一道防止土石流失的水泥引水道，就進入市政府的公共馬路。小金波聽說過，這條引水道以內，是屬於新城建設公司的私有地，就算路面基地崩塌，市政府管理道路的單位，也沒有權力進行養護工程。越過這條引水道，就算進入山腳下的城市了。沒一會，小金波就嗅到肉彈提醒過的，空氣裡濃郁的塑膠燒焦氣味。他帶領水電機械小組切走斜坡林子，繞過那些被鋸斷橫倒的塑膠樹。持續溶解中的部分樹幹，在黃昏的路燈亮處，持續繁殖泡沫，破裂後再漫溢可以爬行更遠的膠漆氣味。從最大的彎道斜坡草叢滑下去，就會抵達社區外頭最大的雙向馬路。剛過晚餐時刻，平均心底讀秒一百左右，會有一輛轎車從山區往外開，讓水電機械小隊的視野都光霧。另一次讀秒一百之後，入山的遠光燈，便把路旁那塊巨大牆面上的

「新城社區」招牌，映亮一次紅眼。

高丁轉述的自來水管線水閥開關，就在牆墩旁。小金波領著大家匍匐前行，真的看見那塊大大的網格鐵蓋。小金波一行孩童紛紛卸下背包工具袋，還有那些綑綁在一起、差不多粗細的舊水管。孩童們合力撬開鐵蓋，裡頭就是一條主管線，另外轉接出三條細管。小金波選出可以對接的水管，轉身交代，「一會我們的速度要快，才不會讓人發現。」

一旁的水電小組，很快就點起瓦斯火槍。小金波先把管口旋轉烤熱烤軟，再用鐵鉗把管口撐得更寬些。他點個頭，身邊兩位小隊員，一前一後，一頭一尾，快速旋緊粗細兩邊的水閥開關，截斷水流。小金波快速用鐵鎚敲下其中一根分流水閥的水管。少量的自來水，突然就噴流出來，沖開他手掌的泥沙和草屍。小金波以最快的速度，裝上三接口水管，把舊的細管擠進分岔接口，再裝接粗管。他接來薄得像粉皮的防水膠布，纏繞接管處，封閉看不見的細縫，再用黑色膠布補強封閉。一扯斷膠布，第一時間，小金波輕聲叫喚，兩邊的小隊員分別打開總開關與分流的水閥開關。小金波喘了一口氣，旋開他這一頭已經預先裝置的水閥開關，乾淨的自來水，就漫漫湧出。

「通了。」

「我們成功了。」

「自來水是真的……」

水電機械小隊，七嘴八舌。戴著金屬框眼鏡、總是一臉學者樣的小金波，難得笑開兩排牙齒。他把分流的水閥門關上，自來水就停止湧出。

「接下來，我們要把水管往上接。快，不要影響大家的睡眠時間。」

水電小組的這群孩童，就依照小金波的指示，開始一個人燒水管口，另一個人接口，下一個人再用乳白色的防水膠布，纏繞一個個的接口，封成白色的關節。沒有焊接的幾個孩童，則用竹桿削成的尖釘，綁成夾子，把接連的水管牢牢釘在向上爬的坡道。

一根根舊水管在夜裡的斜坡，爬成螳螂腳，一隻接上一隻。在白色關節處不自然拐彎，再向上爬。這一路長長短短的腳肢，越過倒成路障的塑膠樹幹，在沿著產業道路兩旁的排水溝，一路爬進新城社區的私人產業地，再向大門延伸過去。小金波隱約在這一邊微亮的路燈下，看見進入社區管制柵欄的暗處，站著幾個不高的灰黑身影。因為背光，這些灰影分別沿著地面拉長，比成年人更高大。小金波揮手，那幾個人影也揮手。其中一個人影站在警衛亭的屋頂。那一定是皮皮。確定這一點，小金波才更用力揮手。

等他能分辨出高丁、二丁與豆子的身影時，只差不到十根水管的距離，就可以接上等在遊覽車停車格裡的三座共用水塔。就在水電機械小組把水管焊接到水塔的入口管時，雜貨店的招標燈，突然閃亮。臨近噴水池的一路、二路、三路的別墅、透天屋與公寓，傳來了微弱的拍手聲和長短不一的歡叫。這些拍手與歡叫，從飛碟噴水池廣場周邊，慢慢向社區內部輻射出去。一家一戶，一棟樓一棟樓，以歡樂聲和拍手聲，接棒通知整個新城社區。

拍手歡叫持續到深夜。隨著凌晨的溫度轉換，又一區斜坡、一片草皮、一座籃球場，一塊一塊，把社區切回到無人聲的靜音。隔天清晨，樹頭才剛綻開光亮，小金波提前醒來。穿好乾淨的衣褲，他和退休的教授父親一起吃早餐，聊到了父親昨天負責完成的布告欄日常清潔工作。離開家門前，父親只對他多說了一句，「水壓可能不夠。」小金波不再像占領社區之前那樣，點頭允知，再推一推鏡框。他迅速背上隨身工具包，隻身前往昨晚偷接自來水的產業道路。

幾輛市營公車路過。小金波伸手穿入鐵蓋，旋轉水閥開關。那一秒，他透過手心皮膚觸摸到，自來水正通過胯下的水管，慢慢擠壓升高，有點辛苦，流向新城社區。往回走的道路上，小金波不時低下身輕撫接連的舊水管。愈靠近大門，水管就愈不顫抖，沒有低滾，也沒有恐懼。小金波忘了是哪一段水管，失去了自來水。等他回到警衛亭，高丁、肉彈、豆子、二丁都在柵欄外等著。皮皮依舊蹲在警衛亭的屋頂，彷彿昨晚，他就一直睡在那上頭，看守新的水源。

「怎麼樣？」高丁高聲問。

「先打開水塔的水閥看看。」小金波有點喘。

高丁旋開水塔的水閥。一瞬間，水管噴出聲音。只有聲音。好像有什麼小硬物撞擊水管內壁，又好像水管因為乾燥而咳嗽，但卻說不出一個完整的字。

等待了很久，小金波才開口說，「水壓……可能不夠。」

「太遠了嗎？」豆子問。

「不是。是社區的高度。要打開抽水馬達試試看。」

小金波立即啟動抽水馬達。馬達老了，依舊努力運轉，發出比石頭還要沉手的空轉，引來水管發出一節一節的咳嗽。每一次咳嗽，都有疼痛。肉彈爬上水塔，一大塊肉身，撐在水塔的禿頭頂往下看。鐵腦殼裡的聲音，迴轉得更巨大強烈。空蕩蕩的水塔發出一次痛苦的抖動。突然間，透明的液體從進水孔噴灑出來。

「水……水來了，是自來水。哇嗚，水水水，自來水……」

肉彈大喊，等他抬頭，廣場上擠滿了共鳴的孩童。他們沒有秩序，沒有紀律，瘋狂喊著跳著，甚至躍入只剩一片薄薄淺水的噴水池，佯裝外星人，爬上比較低的飛碟平台上，再降落到噴水池底。被一雙雙小鞋踩踏的泥水花，炸成透明玻璃珠，在軟鏡面上彈跳，又墜落，再掉入鏡面，將所有倒映正面的孩童身影，正反打歪，反覆打散。

占領之後，高丁第一次真心笑開。他再次打開水塔的出水水閥，透明的水立即噴出，將小坑洞的柏油路面染色更深。他在歡鬧聲中看著三個彼此接連的共用水塔，推想著，第一個水塔很快就會滿水，等第二個水位高出於水管，就會流向第三個。只要有電，抽水馬達能運轉加壓，三個共用水塔就能偷取自來水。只是，一個水塔勉強供給一路使用量，三個水塔，一次抽滿自來水，三條路的居民都有水。

自來水來了，但高丁卻有更多的不安感。

「哥，」二丁湊近高丁耳邊說，「我們解決自來水的問題了。」

「這不算解決，只是臨時的辦法。這些水，不算是自來水，是我們偷的，抽上來的。如果不能在家裡打開水龍頭，就是自來水，那大家還是要到這裡來提水。來提水的路上，會發生什麼事，我們永遠不知道。如果這樣就算解決自來水問題，我們跟那些大人，有什麼不一樣？」

一旁也聽見談話的豆子，立即叫喊肉彈，要他不要開心失控。肉彈看見高丁的臉色沉默，立即大喊了一聲。兵團孩童塊狀塊狀落入靜默。噴水池裡的孩童頭髮、褲管、下巴，紛紛滴落水滴。

「首領，接下來，我們要再找水管，把自來水接到各路去嗎？」豆子說。

「如果有更多水管，從大門口這邊的高度，往下接水管，四路到十路，可能會有機會有水。只是三樓以上，一定會有水壓不夠的問題。地勢高的一路、二路、三路，一定是沒辦法供水的。首領，要找到足夠的水管很難……抽水馬達，可能會更難。」小金波回話。

「就算我們有錢，也沒辦法跟水電行訂水管、抽水馬達。如果是我們小孩訂的，他們一定不會當真。」肉彈說著，拍掉前胸濕淋淋的水。

「那要不要叫鬼主委幫我們訂？他說話，應該還是聽得到的……」二丁有點怯懦。

「不行，訂了，就得讓送水管跟抽水馬達的人，進到社區，會有更多麻煩。如果又發現主委被我們打死，變成鬼，他們跟我們社區不熟，一定會報警的。」豆子說。

「我們不能靠大人，對吧，首領。」肉彈說。

高丁持續沉默，低下頭，靜靜看著腳前的那一灘淺水窪。他晃眼看見水塔後方一捆捆的舊水管，喃喃自語，「剩下的那些水管，還可以做什麼？」

「先接通一路……還是，二路？」二丁支支吾吾。

「這樣不公平。先接通哪一路，都不公平。」肉彈出聲反對。

二丁往警衛亭退了一步，沉默低下頭。

豆子則站出一步，「供水的問題，因為水壓，一直都不公平，怎麼判斷？」

這時，所有的孩子都看向高丁。二丁也抬頭看著高丁，眼眶已經潮濕潤紅。

高丁看著二丁，神遊似地脫口說出，「游泳池。」

游泳池？

幾乎所有的孩童兵團成員，都瞪大了眼。微微一張大了眼，二丁的眼淚就爬下臉頰。

「小金波，剩下的水管，從水塔這邊接到游泳池，夠嗎？」

「真的可以嗎？」豆子說。

「我說可以，就可以。」高丁立即回話。

豆子噘著嘴，有些微怒。

「小金波，夠長嗎？」高丁說。

「之前說的，可能還差一點，說不定可以再找到水管。如果真不夠……」小金波沉思一會才說，「從這邊往游泳池都是下坡，如果直接從半空中接過去，就一定夠。」

「小金波，你說半空中，是什麼意思？」肉彈問。

「就是不貼著地面走管線。直線向下，一路接到游泳池。這樣水壓也不會有問題。」小金波說。

「可以把水管綁在樹幹，綁在電線桿，固定起來比較安全。」皮皮也提供意見。

「把水引到游泳池，是為了什麼？」豆子問。

「豆子，你要叫我首領。」高丁說。

豆子雙手交錯在胸前，憤然地提高音量說，「首領，接水管到游泳池，是要把水儲存在那裡嗎？」

「對，就是儲水。現在就算把社區其他馬達拆下來，分段加壓，也不一定有足夠的水管。如果颱風一直沒來……我們至少要先把游泳池加滿水。」

「游泳池荒廢那麼多年，真的很髒，怎麼儲水呢？首領。」豆子說。

「對啊，報告首領，現在游泳池很髒，都長青苔了。」二丁也附和。

「會比現在二路的蓄水池更髒嗎？」高丁一加強語氣，二丁又退回到警衛亭。高丁篤定說著，「就這樣了，這是最後的決定。自來水是乾淨的，不用再過淨水廠。豆子、二丁，你們帶七、八、九、十這四路靠近游泳池的小隊員，去把游泳池刷乾淨。」

「那邊沒有水，怎麼清洗？」豆子大聲問。

「那就先從這邊用水桶臉盆，接力提水下去，把每一塊磁磚都刷乾淨。這樣有困難嗎？」

豆子正準備出聲反駁，但被小金波拉後退了一步。

「我是首領，沒問題了吧。」高丁環視噴水池廣場周邊。所有的小孩都落下頭，沒有人再出聲。高丁接著說，「小金波，你帶著你的小隊，繼續把水管往下接。皮皮幫忙固定水管。肉彈你跟巡邏隊，再試著找一找，看能不能拆下更多沒有用的舊水管。」

「這個交給我，首領，沒問題。」肉彈說。

「要快。我們偷接自來水管，不知道什麼時候會被發現。」

「只要那邊一把水閥關上，自來水就不會上來了。」小金波點頭補充。

「自來水的問題，都不能慢，都不能等，對吧，豆子。」肉彈有些挑釁。

「肉彈，你為什麼這樣？」豆子氣呼呼說。

「一天，都不能慢，一天，都不能等。」肉彈說出，一天，脖頸特別用力，「因為你沒有弟弟，也沒有妹妹。」

第一天，刷洗游泳池，二丁第一眼就發現一隻乾燥的狗。那是只剩下亂毛外皮的狗屍體。墨綠到深黑的毛髮已經捲出了一小坨一小坨的毛球，像是長在雞脖子的淋巴瘤。一球一球纏繞的毛皮裡，應該沒有肉。頂多是硬邦邦的肉乾，有機會引來貪食的綠蒼蠅。狗的四條腿，分別往奇怪的角度伸展，直直僵硬著。二丁想到，狗不知道什麼原因掉落到游泳池。在掉落之後，牠無法靠自己的能力跳出沒有水的游泳池。牠應該曾經繞著游泳池走動吧？不知道牠繞著走出了多少個長方形？牠獨自在游泳池底部，挨餓，最後是以一隻狗的孤單，獨自死去。當其他孩童拿塑膠掃把柄去戳弄乾燥的狗，二丁喝止了他們，但他不確定自己為什麼會出聲嚇阻。他獨自靠近那條看起來很輕的狗屍體，蹲在牠旁邊，聞不到任何一絲絲腐臭的氣味。二丁想著，伸手撥弄狗尾巴的剩毛。一拉動牠，才深深驚訝，狗是如此的輕。輕得無法判斷牠待在這裡多久，死去多少天，狗才會被風乾成這麼輕。他撫摸牠的頭，像似牠還活著。撥開那些糾結的狗毛，從狗的體型與凹陷下去的狗頭顱，二丁推想牠出生到死，應該不足兩年吧。牠是一隻已經成長了，也懂得交配，但依舊是幼犬的狗。看著牠全部拉直的四條腿，二丁心臟顫慄，不是因為他確定了，最後一刻，狗在掙扎中伸直四肢死去，而是這條狗還沒有真正長大，就死了。

「我們要把牠埋了。」二丁說。

「不行吧，首領不會同意的。」七路的小隊長說。

「為什麼？」

「我們跟野狗的作戰，還沒有結束。」

「我們是要處理野狗，我哥有說要殺光野狗嗎？就算要圍剿社區裡全部的野狗，殺了狗，我哥有說，不能埋葬牠們嗎？」
「不可以在竹林埋葬。」
「跟我說話，你也要先說報告。」
「報告，之前兵團有公布。」
「那你怎麼知道牠是野狗？」
「報告，這條狗沒有項圈。」
「老犬人養的狗，也沒有全部都戴項圈。」
二丁話沒說完，一道女人的聲音從游泳池圍欄外頭傳來。
「這條狗，以前是野狗。」說話的人是巫女。
所有抵達游泳池的兵團孩童，全都慢慢遠離她，就像一陣單次的退潮，沒有任何人回湧。
「你怎麼知道？」二丁提起勇氣反駁。
「以前，牠會出現在藍溪那邊的山坡，我看過，不過現在不是。」巫女說。
「現在不是……是什麼意思？」
「狗死了，就會比較輕……牠跳出游泳池，跑到我家，跟我討麵包吃。」矮矮短小的巫女伸出手，一隻腰高的狗從身後竄出來。牠的毛髮充足、泛著油光，雙眼全白，四條腿冒出熱騰騰的柴煙，烘烤牠筆直的四條腿。那些狗毛，全都柔軟地往上飄搖。巫女一邊撫摸腳邊的狗，一邊說，「現在，我養牠。牠跟著我。吃了我烤的麵包，不是野狗了。」

「原來之前一直燒柴，是要烤麵包給狗吃。」

「燒了好久……」

「本來以為，是為了下雨。」

「有幾片天空角度，真的有積雲。」

「這樣就不可能下雨了……」

七路小隊的兵團孩童，七嘴八舌。這些話語，一句句烘烤游泳池，讓周邊的空氣更加乾燥沒有水氣。

「沒關係，大家不用擔心。我們已經把自來水接到社區了。」二丁篤定說。他打量被圍欄阻擋成一格格的那隻狗，沉沉發問，「牠跟牠長得不一樣。你那條狗，已經是大狗，不是小狗。」

巫女先是微笑，像似一群烏鴉搶食，接續發出吸不到氣的鳥叫。她停止那詭異的喘息笑聲，才慢慢對二丁說，「狗死了，也是會繼續長大的。」

這句話，讓所有的兵團孩童都嚇退了好幾步。只有待在游泳池底部的二丁，仰著頭，也沒有往後退。但他的背脊，發起一片麻涼麻涼的雞皮疙瘩和冷汗。伴隨著更猛烈的心室顫慄，二丁開口問，「小孩子死了，也一樣會繼續長大嗎？」

巫女冷笑了一下，沒有多吐露一個字，沿著游泳池邊上的小徑，退往藍溪的方向走。二丁爬出游泳池，追到游泳池圍欄柵外頭，已經看不到巫女和那隻已經死去、卻又真正長大的狗。

會嗎，小孩就算死了，一樣會繼續長大？

二丁被這個問題困住了。他隱隱約約察覺，巫女說的事，和孩童兵團占領社區的行動目的有關聯。

約莫花了三個白天，二丁和靠近社區游泳池的各路小隊，才把那些緊咬地磚縫隙的青苔，一條條全都撬起來。他們一個個蹲在沒有水的游泳池底部，以清洗每一塊地磚的速度，打轉成極緩慢的陀螺。孩童們掃起那些堆在池底的植被根鬚和泥土，再用菜瓜布浸泡滿桶的乾淨自來水，重複刷洗地磚，把這座荒廢多年無人使用的游泳池，轉亮成一大片的海鱗片。最後，小金波關閉游泳池的漏水孔，高丁則在水塔那邊旋開新接的水閥開關。自來水越過飛碟噴水池廣場地面，越過皮皮常站立的那根榕樹老幹，再越過圓形兒童溜冰場的籃球架，並在中央魚池旁、偉人銅像的微笑注視，順坡加快往下流竄的速度，激奔到白皙皙的游泳池。

第一波自來水沖擊磁磚時，游泳池周邊的孩童全都蹦跳起來。歡呼的聲鳴傳回到噴水池廣場時，雖然變得微弱，也立即引動大門口這一帶孩童的歡叫。

「又有水了。」

「自來水下到游泳池。」

「自己來的水，更多了。」

孩童們大聲喧鬧，開玩笑。高丁沒有阻止，鬆開緊繃的肩膀，微笑對身旁的豆子與肉彈說，「不管接下來的占領行動如何，現在，我們讓自來水進到社區游泳池了。」

「報告首領，我啊，從來都沒有機會泡在夏天的社區游泳池。」肉彈說。

「一次都沒有嗎？」豆子說。

「對，一次都沒有。我是不會游泳，我也想泡在游泳池。我那麼胖，應該不會沉下去。」肉彈說。

「是嗎？不會沉下去？」

「豆子你那麼聰明，不會不知道油比水輕，會浮在水面上嗎？」肉彈說。

豆子沒有回應，端著細細的小手臂落入沉默。高丁也落下笑容，有點正經地問說，「怎麼了？」

「還要叫你首領嗎？」豆子突然問。

高丁看一眼肉彈。肉彈的表情也有驚訝。高丁想了一會，點頭，「我不知道兵團要占領社區多久。不過，現在，我需要大家知道，我是首領。」

豆子看著肉彈的啤酒桶肚子，停滯好一會，想著什麼，想了什麼，高丁不確知，然後她才小聲說出，首領，兩個字。豆子回氣接著說，「……游泳池蓄滿水之後，你打算怎麼運用？」

豆子的問題，一連好幾個持續乾燥的日與涼爽的夜，都困擾著高丁。這期間，高丁也指示肉彈安排兩個孩童，守在游泳池門口。

「首領……為什麼？」肉彈追問。

高丁拿捏不到比較好的理由，勉強回答，「先守著。」

「首領，要守誰？野狗嗎，還是巫女？」

「都要。跟二路蓄水池的排班一樣，守著。」高丁說。

「報告首領，我的巡邏小隊，已經排滿班了。人員編組，不夠用了。」

「肉彈，不管如何，想辦法排班，派人守著。這是我最後的命令。」

一時間，孩童們都沒有更多話語。直到一旁的豆子開口說，「在行動之前，我就說過，小孩的數量，是不夠的。」

就這幾天，社區標高比較低的幾路居民，已經開始前往游泳池，以水桶、臉盆，還有空的大寶特瓶裝水。雖然所有被指揮來提水的大人都秩序良好地排隊，但戶數很多，游泳池的水，很快又被舀空成一半。而標高較高的一路到四路居民，則要花掉比較長的時間排隊，在廣場邊的共用水塔提水。

「水塔太小了，又只有一個出水口。」小金波在兵團指揮室，提出了他的看法。「在限水時段，各小路要再分時段提水，才不會全都擠在噴水池廣告。我建議，游泳池周邊最好也要這樣。」

「不要忘記，我們還是要安排各路大人們每天的工作，養雞場要有人，養菇房也要有人，這些都是我們事先定好的日常工作。接下來，如果有機會把游泳池的水引到藍溪邊上的舊梯田，那我們說不定真的能種稻子。把社區花圃全都變成菜圃，已經完成一大半。我們之前留下來的種子，都曬乾保存了。」豆子坐在原來郵差郵件的收發員座位，一連說著占領社區後規劃的這些事。她停頓了一會，看著高丁，又再低頭繼續說著，「這樣一來，就只差那個……如果真能完成，新城社區幾乎可以自給自足，就算外頭的人把我們都忘了，我們也可以在社區裡繼續生活下去。」

包括高丁，聽豆子說的這一連串的計劃，就像小時候聽母親說床邊故事一樣，所有現場的孩童都安安靜靜，但心中充滿期待。一直待在電視機旁邊的二丁突然開口，「就算是這樣，我們可以在這裡繼續生活……我們還是會慢慢長大，變成社區的那些大人。跟他們一樣的大人。」

十來坪大小的指揮室，落入寂靜。就連靠在鐵窗外的皮皮都被微風吹走了聲音。只有他肩膀上的孤兒松鼠發出啃咬堅果的嚙嚙。

「就算我們死了，小孩子的靈魂也會慢慢長大，變成大人。」二丁又補上了這一句話。

「忘了吧，二丁。」高丁開口了，聽不出一絲憤怒。「忘了巫女說的。我們不會知道小孩死了之後，會不會肚子餓？會不會想要喝乾淨的水？會不會繼續長大？不過，我們現在還活著。而且是一個小孩。至少現在還是。我們現在不是那些大人，我們就可以做到那些大人做不到的事。」

一陣陣的哨子聲響。是從警衛亭傳來的。

肉彈第一個彈跳起圓滾滾的身體，就往外衝，遠遠地直直追喊，「怎麼了，發生什麼事了？」

翻上屋頂、隨後跟來的皮皮出聲大喊，「是野狗。」

高丁快速衝到警衛亭。好一大群狗。一些圍繞著水塔，一些散亂包圍飛碟噴水池，還有幾隻守在警衛亭門口。另外有七、八隻狗，從二路方向慢慢邁步靠近圓形廣場，並對著那些水塔邊上的野狗發出示警的低嗥。牠們外翻嘴皮，全都露出尖尖的犬齒。二路口的狗群身後露出一個人影。人影的身體已經扭曲成注音拼音的ㄅ形狀。是老犬人。自從孩童兵團占領新城社區、接管管理委員會之後，獨身一人的老犬人，又更老了。

透過路燈的照映，老犬人的身影慢慢走向飛碟噴水池廣場。一下在地上打了一個小勾，慢慢走前，又拉成長長的勾。他愈靠近，那七八隻狗，也愈匍匐欺近那群野狗。一隻夜鳩吧，發出了淒厲的尖叫。那條巨大的野狗一個彈跳，就跳上水塔的頂端。牠的四腳剛好站在水塔的頂蓋，直直挺身，讓牠看來足足膨脹了一倍大。

「是野狗王。」肉彈小小聲說。

大野狗在高處直直望向老犬人，這才讓他停下了前進的步伐。就此同時，一條黑影從高丁側身後的階梯小徑竄出來，撲倒了一旁的二丁。二丁還來不及反應，就被這條黑影咬住了側包袋的背帶，一路拖拉到噴水池邊。高丁第一個向前追，但馬上就被幾隻野狗逼退。

「不要靠近牠們。」老犬人在二路口喊。大聲用力時，他的身體瞬間拉挺了一些，不過聲音一停，脊椎又把他彎回一個ㄅ。

那隻體型中等的野狗一放開二丁，另外兩隻野狗馬上裂開嘴，瞄準坐在地上的二丁低嗥。

「真的，小孩，你們不要再靠近，不然牠們真的會咬死他。」老犬人說著，不再往前。他沿著路邊的花圃橫向繞走到高丁與其他五人小組的旁側，再繼續說著，「剛剛那隻，是母狗。牠才是這群野狗的首領。」

高丁和五人小組，以及慢慢圈圍過來的其他兵團孩童，將目光移向那條叼走二丁的野狗。路燈照映出牠的毛髮，是深棕色底。整片背脊橫著一條條的斜黑斑紋，讓牠看來更像是一隻小老虎。確實，牠是條母狗。腹部還垂掛著危危晃動的狗乳房，以及兩排十顆左右的狗乳頭。母狗走近水塔。在不鏽鋼表面的亮映下，有一兩顆乳頭，只剩下一條肉絲接連，只要再輕輕一咬一扯或者一吸，就會落下一整顆的狗乳頭。這時，水塔上的野狗王一躍而下，落在母狗與其他孩童的中央，慢慢走到二丁的身後，一口叼住二丁的後頸椎。二丁大叫了一聲，老犬人趕緊出聲要他不要亂叫，也不要掙扎。

「不要動。如果亂動亂叫，牠一定會咬斷你的脖子。其他小孩，也一樣記得。」老犬人提高聲量。

母狗走近水塔的水閥門，伸出前肢，勾動了水閥開關。自來水從出水口流溢出來。母狗湊上嘴，大口大口舔喝自來水。高丁聽著自來水啪啦啪啦落在地面，也聽見母狗舌頭咀嚼水的聲音。自來水乾淨的化學薄荷氣味慢慢散溢在空氣裡。母狗直直盯著高丁看了很久，斜眼瞪了一下老犬人，以及他豢養的那些家犬，嗥叫了一聲，竄入水塔後方的斜坡樹叢。約莫二十隻左右的野狗群幾乎同時間動作，奔上斜坡。其中三條比較壯碩的野狗，從野狗王的嘴中接走了二丁。瘦小的二丁一下子就被一腳、一手，加背帶，拖入斜坡的野叢。唯獨那隻野狗王站在原地，一動也不動，怒視著孩童兵團與老犬人的狗群。

肉彈！高丁大喊了一聲。兩人同時奔向前，野狗王一下躍到高丁的面前，肉彈轉身從側邊環抱住野狗王，把只比他小一號的狗身體舉起來。野狗王一翻頭就咬住肉彈的大手臂，猛地甩頭，扯開了手臂肌肉。肉彈沒有鬆手，雙手把狗脖子箍得更緊。野狗王要呼吸，只要鬆開嘴。高丁從身後拉出了兩條童軍繩，迅速打上活結，兩兩套上，高聲喊來小金波，一人拉住一條童軍繩，往反方向一扯。兩條童軍繩緊縛野狗王的脖子，牠為了再多搶一口氣，無法再反咬近身勒抱的肉彈。就這樣，三個孩童齊力，拖著野狗王到水塔邊上，高丁與小金波繞過水塔把野狗王頂在水塔面，動彈不得了，肉彈才彈開。牠使盡全力掙扎，但無法掙脫。這時，斜坡上傳來一陣陣的狗吠與低嗥，老犬人大叫了一句孩童聽不懂的話術，那七八隻家犬全都跑到水塔後方，擋在高丁、小金波與野狗群的中央。這時，所有的兵團孩童，也都握緊尖鐵管守護在水塔周邊，直到高丁和小金波把童軍繩綁死在水塔的基腳上。

野狗王左竄右跳，愈用力，則套在脖頸的活結就勒得愈緊，更加無法呼吸喘氣。水塔被扯得喊痛，直到牠完全累癱，虛弱半掛在繩索上。一旁的豆子已經從指揮室拿來急救醫藥箱，跑到肉彈旁邊。肉彈抓緊被犬齒撕裂開來的手臂。一鬆手，那些脂肪和肌肉就好像會攤開掉落下來。

「怎麼樣？還好嗎？」豆子問。

肉彈坐到飛碟噴水池邊，檢查著手臂說，「還好，好像沒有流血。」

豆子觀察傷口。裂口可以看到骨頭，但卻沒有大量出血。肌肉像被鋒利的手術刀劃開，卻沒有切斷任何一條大靜脈或是動脈血管。只有一些被扯斷的微血管，從乳白的脂肪層和肌肉的肌理表膜滲漏出來。

「小孩，你真的很幸運。」老犬人站在一旁，一臉狐疑，「真的不會痛嗎？」

皮皮越過樹叢、繞過電線桿再跳到警衛亭的屋頂，蹲在那上頭說，「肉彈是不會痛的。」

「我從小就不知道什麼是痛。」肉彈邊說還邊笑。

野狗的吠叫和低嗥，慢慢變小慢慢減弱，一直到遠處傳來一陣悠長又哀怨的嗥叫，僵持在斜坡上的野狗群嚎叫，才一瞬間消失。

豆子快速用棉花沾上很多雙氧水，擦拭裂開來的傷口。棉花抹過的地區，一瞬間就生出很多細緻的泡沫，被路燈照亮成暗黃色。為了效用，豆子最後直接把雙氧水噴入肉縫。那些像是螃蟹嘴邊的泡沫，很快就把肉縫填滿。

「你天生就沒有痛的神經，不過如果傷口感染了，我們只好把這隻手切斷。如果有狂犬病，你就等著變成野狗吧。」豆子邊說，邊用乾淨的棉花擦去那些被擠出肉縫的泡沫。接著，她拿出一塊塊的紗布，沾上碘酒，敷在傷口的裂縫處，再用長卷紗布把肉彈的整個手臂包紮綑綁。「先這樣，傷口太大了，等一下，我們回指揮室，我再幫你把傷口縫起來。」

「用針線嗎？」肉彈問。

「不然用釘書機嗎？你都不怕痛了，還怕針？」豆子說。

「我是不會痛，不過愈長大，就愈會害怕。害怕什麼，我不知道，不過我現在聽到要用針線縫起來，心臟比剛剛抓野狗的時候，跳得還厲害。」

「肉彈，還是縫起來比較好。」慢慢平緩呼吸的小金波說，「這樣傷口會比較快癒合。接下來，還有很多事要靠你。」

「二丁呢？」肉彈一脫口，轉身看向水塔。

高丁還站在那裡，看著斜坡深處，好像二丁其實還待在那個路燈無法照明的植物暗影底部。好一會之後，高丁才轉身走到老犬人旁邊。那七八條狗也繞到老犬人的腳邊，圍著他，好像是一層狗的保護圈。

「老犬人，你知道野狗窩在哪裡，對吧？」高丁直挺挺問。

老犬人沒有回答，嘆了一口氣，看著那隻累癱的巨大野狗王說，「那條狗，也是為了保護牠。我都叫牠虎妞……」

「虎妞？是那條母狗嗎？」高丁問。

「以前，虎妞是我養的狗。」

「是不是在藍溪的另一邊？」皮皮也開口說，「我上次有跟蹤到那邊。二丁一定是被帶到那邊去了。」

「那邊只是其中一個窩，你弟弟不一定是在那邊。」老犬人回應，然後他看著水塔邊的野狗王，「小孩，那條狗，你們打算怎麼辦？」

高丁盯著野狗王。牠的嘴半開，長長的舌頭歪斜地垂掛在上下犬齒之間。牠的呼吸比較平順，但依舊沒能站起身，任由那兩條童軍繩懸著牠的脖頸與狗頭。

「老犬人，野狗把我弟弟抓走之後，牠們會怎麼對他……」高丁說。

「對啊，那些野狗，會吃小孩吧。」肉彈脫口說。

「肉彈，你不要亂猜亂說話。」豆子出聲嚇止。

「是吧？老犬人。」高丁轉身之後，又再問了一次，「那些野狗會吃小孩子，對吧？」

「虎妞以前不會。現在……我不知道。」

老犬人吞吞吐吐，落寞低下頭。高丁緊緊咬住牙齒，臉頰被變硬的咬合肌肉撐起變形。他沒有多看老犬人，也低下頭來，看著被路燈打出來的那些狗影子，一隻一隻的默數過去。數完，老犬人養的狗，一共八隻，加上老犬人的影子，和高丁自己的影子。一共十個影子。算數到這，高丁才緩緩說，「如果是這樣，那我們小孩也要吃掉那隻野狗。我們吃了牠，牠的靈魂還是會繼續變老，然後像老狗一樣，躲在牠自己挖開來的草叢土洞，慢慢死掉……一樣，也不會有任何一隻野狗記得牠。」

那是多久以前，老犬人已經不記得了。

他坐在公寓連接社區道路的入口處。他所住的這棟公寓，剛好夾在兩百七十度轉彎的彎道之間，也只有他這一戶是從彎道後的路面進出。其他住戶都在彎道之前的階梯大門進出。像這樣的夾在彎道而建立起來的四樓公寓，新城社區裡只有三棟。只有老犬人這棟，分前後進出。後出口邊上，沿著彎道的山壁，在建造時就多蓋了一大片強化的水泥平台。當初是配給的停車位，現在則是老犬人豢養這八隻狗的窩。這八隻狗跟著老犬人好多年了。當然，在社區居住的這二十多年來，老犬人養的狗，有些老了、死了，有些離開他，走了，也有些是養的母狗新生出來、再養大的第二代，或是跟不知哪隻野狗交配後的第三代。經常地，他會以手梳理靠在腳邊的短毛狗。這隻狗有偏黑色的深棕色短毛，在靠近脖子項圈的地方，有一條斜斜的斑紋。就像虎妞一樣。這條狗是跟虎妞同一胎出生的另外一隻母狗所生的第二代。也遺傳到了類似的虎斑紋。配種的公狗是條黑狗，有很多斑紋都被黑毛吃了。老犬人緊緊抓拉套住牠的皮項圈。這隻狗只是睜開舒服惺忪的眼睛，完全不會因為這老犬人的使勁，反頭咬他的手。老犬人笑著，再抓抓狗脖子，狗又乖乖闔上眼睡去。他看一眼身後停車平台上的其他七條狗，全都躲在狗屋裡、或是太陽曬不到的水泥地，降低體溫，睡得更舒服些。

老犬人靠著自家的大門，觸摸木門上的抓痕，想著其中一定有一些裂痕，是虎妞小時候磨爪子抓出來的痕跡。只是磨爪子的動作。就像已經不記得的那天一樣。一個小男孩推著一台嬰兒車轉過彎道。趴睡著的年輕虎妞從午睡中醒來，立刻好奇奔向前去，繞著那小嬰兒車跑跳。約莫剛上小學的男孩童，伸手去去地驅趕著虎妞，反而讓牠更興奮左跳右轉。等小男孩推動剛入睡、兩歲大小的妹妹，虎妞像是啟動暴衝的機車，趴上嬰兒車。牠剛磨過的新生爪子，正正劃過小女嬰孩的臉。小小那瓣圓嘟嘟的頰肉瞬間就被劃開。從眉毛上方一路劃開到嘴角。推著嬰兒車的小男孩，根本看不見發生了什麼事，繼續去去地要趕走虎妞。小女嬰開始放聲大哭。被安全帶緊緊綁著的她，揮動著雙手，好像是在跟虎妞玩招手的遊戲。一個蹦跳，虎妞整個趴上了嬰兒車，開始舔小女孩滿是鮮血的臉。老犬人從房裡衝出來的時候，孩童的父母親也趕到。也就是這同時，小女嬰左邊被劃開的臉皮上，掛著一顆眼珠子。虎妞剛張口舔了那顆染了血的眼珠。這瞬間，嬰孩們的父親拿著手中的木棍往虎妞身上打。虎妞一緊張，咬了嘴，就扯斷了那顆眼珠，掉落到一旁的路面，像顆不太彈跳的乒乓球，只是滾動。

虎妞的幾聲哀嚎，引出原本睡在狗屋的老母狗，以及其他三隻老犬人養的家犬。牠們一上前就圍住小嬰孩的父親，撲倒他，咬住了他的雙手還有腳。直到老犬人上前，狠狠用力踢踹牠們的下腹背脊，狗群才在斥喝聲中退開。

「狗吃小孩……狗吃人了……你的狗吃了我的小孩……」女嬰的媽媽蹲在嬰兒車旁，情緒崩潰。小男孩則站到他的父親旁邊，呆滯，但緊緊抓住父親的手臂，也一跛一跛跟著父親跛腳走回到嬰兒車。

那位父親的手袖上都是血。比較鎮定的他，立即解開嬰兒車的安全帶，抱起女嬰兒，對小男孩喊著，「眼睛呢？妹妹那顆眼睛呢？」

老犬人趕緊跑到小女孩的眼珠子旁，指著地上那顆靜止的、不會轉動看上看下的小眼珠。它剛好盯著老犬人，以至於他不敢伸手將它撿起來。女嬰兒父親推開老犬人，撿起女嬰兒的眼珠，在顫慄中叫喊妻子，去醫院，要趕到醫院。然後轉身就往彎道下坡方向奔跑。小男孩的母親先跑了幾步，才想到兒子還呆呆站在嬰兒車旁。她轉身緊緊牽住他的小手，才又跑下彎道。小男孩被扯動身體的瞬間，還盯著老犬人看。這麼多年後，老犬人一直沒有忘記那個小男孩的臉。這麼多年過去了，小男孩的長相一直停在已經記不得的那一天，沒有任何變化。老犬人只要一回想，就可以記起那張小男孩的臉。直到現在，老犬人都無法從那張稚嫩的五官，和那顆突然被挖空的眼洞裡，看出那個小男孩究竟是驚嚇過度，還是已經生出了埋怨、憤怒，以及恨。每次想起那個小男孩的臉，老犬人總會告訴自己，這麼多年過去了，全家搬離新城社區的他，一定已經長大了，一定長成了另一張臉，一定變成另一位他認不出來的青年，或者，已經早熟變為成年男人了吧。

「你們闖禍了。」

老犬人對著那五隻徘徊兜轉在十幾公尺外的狗兒，大聲咆哮。

被他踢飛的狗兒，沒有一隻敢靠近家門，也不敢回到停車坪的狗屋。在完全聽不見那一家人奔跑與母親的呼喊聲之後，老犬人才慢慢走回家中。才開門踏入一步，他又折返回到馬路，把那輛沾染了血滴的嬰兒車，推到水泥停車坪放置。再度踏入門，那隻跟虎妞同一胎的姐妹狗，晃著尾巴，興奮趴下又跳起身，要跟他乞討一次玩樂。就在牠跳上跳下的時候，一小群雛狗像是毛絨玩具，全都從角落的紙箱爬出來，搖搖晃晃走到母狗的肚腹底，吸吮牠飽滿腫脹的奶頭。母狗就這樣讓一窩子的雛犬緊緊咬著狗乳頭，像垂吊在鐘乳石洞穴的蝙蝠，輕輕搖晃幾種毛色，滾動老犬人腳邊的地風。

老犬人對那條母狗，以及那一窩雛狗說，「虎妞，沒有吃那個小孩。」

當天晚上。派出所的警員以及市警局的偵辦人員，全都聚到老犬人家，做完了該做的初步筆錄。稍早些，已經有其中幾條狗，回到停車坪的狗屋。一聽見靠近的警車，在紅藍轉燈的搖轉下，又跑得遠遠的。老犬人試著協助叫喚那些逃開的狗，有幾隻在遠處的花圃露出半顆頭，但沒有任何一隻，跑回到老犬人的腳邊。只有那隻母狗，睡在停車坪的狗屋裡，沒有跑開。

「我從來就沒有綁著牠們。」在一屋子裡東倒西歪、低嗥哀哭的雛狗吠叫聲裡，老犬人這樣回答偵辦人員。

隔天天剛亮，捕狗大隊開了三輛捕狗車，進入新城社區。捕狗大隊將車子停在彎道下坡一百公尺遠的路邊，一共九個人拿著捕狗網匍匐走上彎道，包圍老犬人的停車坪。狗兒先是在停車坪裡對著捕狗隊狂吠，當他們往前跨兩步，其中三條分別流竄到馬路，第一時間就被白色的尼龍繩網給圈套住，屈身在路面，不安翻頭。那隻攻擊孩童父親的老母狗，撲向其中一位捕狗隊員，咬住了他的手臂。這些捕狗員的雙手，全都戴著厚皮的袖套。老母狗幾乎是被拎起來摔進捕狗網裡頭的。最後，兩位隊員走進停車坪，很輕易就網住躲在狗屋裡那條有虎斑紋路的母狗。

老犬人走出大門，把其中一條跟出來的雛狗丟回屋內，再把大門關上。

「就是這條母狗吧？」捕狗隊的小隊長指著在網子裡掙扎的那隻母狗。

老犬人看著不知發生什麼事的母狗。在牠乖順的哀嚎裡，問說，「你們今天是要抓走全部的狗嗎？」

「我們大隊長的命令，是抓走你全部的狗。」小隊長回答。

「包括那些剛出生的小狗，也要抓走嗎？」

幾位隊員彼此對看，聳肩，沒有誰正面回應老犬人的提問。

小隊長一晃動捕狗網，那條母狗的狗乳房像是布丁一樣搖晃。年輕的母狗望著老犬人，持續哀傷的低嗥。像是喘氣，又像是微微的憤怒。

「看牠那麼膽小，怎麼會去吃小孩？」

「你怎麼不吃自己的小狗呢？去吃小孩？找死嗎？」

老犬人沉沉說，「虎妞，沒有吃那個小孩。」

「我們只負責抓狗，其他的不歸我們管了。」

「屋裡那些小狗，你最好教好牠們，不要長大之後又再攻擊小孩。」

「狗跟小孩一樣，沒教好，以後倒楣的，一定是我們。」

「不教不行。真的，把小孩當狗養，把狗當小孩養，全都一樣……」

老犬人無法判斷，究竟是哪一位隊員講了哪一句話。

捕狗大隊算數數量，沒錯，一共五隻，全都被拎上捕狗車。就在捕狗車啟動引擎的時候，滿屋子的雛狗還一連嗥叫了幾聲。彷彿都知道發生了什麼。捕狗車遠離社區之後，老犬人一直站在空蕩蕩的停車坪狗屋之間。他不知道站了多久。樓上的鄰居，都已經不感興趣，離開窗邊。老犬人一直遊走在屋內和停車坪的空狗屋之間。直到另一個早晨，葉子露水發出第一道閃亮，另一條背著虎斑的年輕母狗，才悄悄出現在屋前的馬路。

是虎妞。牠頭低低的，不停地嗅聞馬路的地面。

「虎妞，你應該都看到了吧。」老犬人說。

虎妞低低哀嗥了幾聲，幾乎把整根尾巴都捲進了後腿中間。

「他們都走了，不會回來了。你也走吧，不要再回來。」

話剛落，虎妞向停車坪走了兩步。老犬人低身撿起已經打翻的小塑膠水盆。使勁砸在虎妞的斑紋上。牠哀了一聲，屋內的雛狗群立即也連連哀呼。虎妞跳跑到遠一點的花圃，望著老犬人。他和牠對峙著，直到陽光照亮那一條條的虎斑，虎妞才抬高頭，慢慢翹高尾巴，側身狐步跑上斜坡林野，消失在其中。

虎妞消失在社區的期間，老犬人聽說，那四隻狗和虎妞同一胎出生的年輕母狗，全都被處死。雛狗因為沒了母狗的奶水，也接連生病、腹瀉虛脫，死了五隻，最後就只剩下腳邊的這一隻。一路跟到現在，變成陪伴老犬人最久的狗。老犬人也聽說，那小女嬰的眼球最後是放回眼洞了，但依舊瞎了失明。老犬人有提議要負擔手術費，但女嬰的父母拒絕了。沒多久，小男孩一家人搬出新城社區，移居到山腳城市。這個狗吃女嬰孩、攻擊父親的事件，被報導在報紙的社會版。也因如此，社區管委會開了幾次例行會議，最後同意市公所的決議，要圍捕社區裡的全部野狗。這段期間，虎妞一直沒有再出現在社區。每天都有捕狗大隊的籠車開入社區。只要是脖子上沒有項圈的狗，都會被捕狗網抓走。又過幾個星期，就連那些脖子上套了項圈、在社區裡漫步曬太陽的家犬，也莫名其妙的消失好多隻。社區的布告欄，增加好多尋找愛犬的張貼廣告，有些還附有照片。照片裡的狗，像小孩一樣，全都有一對天真無邪的眼珠。漸漸地，捕狗大隊只要開車進入新城社區，所有的狗，不管有沒有掛戴項圈，全都哀嚎吠叫，響起一整個山頭的狗吹螺，直到捕狗隊離開。某個傍晚，其中一隊捕狗大隊，在社區的雜貨店前喝米酒頭，發暈了說，老犬人的那幾條狗真的是被處死的。處死之後，按慣例，會有香肉店的人從後門來收，但老犬人養的家犬，全都被捕狗大隊宰割剁碎開來，裝在可以讓小孩洗澡的不鏽鋼盆裡，煮成一大鍋香肉。之後從新城社區捕捉到的狗，不論野狗家犬，也都是被裝在麻布袋裡，用球棒打死之後，剝皮剁塊，全都被捕狗大隊煮成香肉。這消息在社區裡傳開後，社區裡沒有小孩的那些愛狗人士，開始站在警衛亭的柵欄外，擋住狗籠車，反對捕狗行動，市公所才停止主動派遣捕狗隊到新城社區。

狗吹螺漸漸平息，老犬人才開始牽引只有一條虎斑的年輕小狗，出門走動。有好長一段時間，只要遛狗時遇上社區的大人小孩，他就一定會重複說，「知道嗎，虎妞，沒有吃那個小孩。狗是不會吃小孩的。」

給人養過的狗……不會吃小孩。這天午後，高丁如此告訴自己。天氣，跟社區這幾年來的這月份的每一天，類似，無法區分。

二丁被野狗拖走兩個深晚。這兩個夜裡，高丁翻出扣押沒收的B.B. Call機，一個一個檢查，還有沒有任何來自社區外的傳呼訊息。從第一顆到最後一顆，都沒有。他也沒有哭，沒有轉告家中父親，也沒有帶領五人小組和上半段各路小隊長，去家裡準備二丁的物品，帶隊到竹林深處的泥乳房墓園。這兩個深夜，高丁都在盤算，要如何處理那隻野狗王。第三個傍晚向晚時分，被半吊在水塔邊的野狗王，把下半身移動到水塔底的陰涼處，避免曝曬一整個下午的地熱。高丁領著剩下的四人小組，來到噴水池廣場的共用水塔旁。半掛著的野狗王立即發出低嗥。但一連兩天，完全沒有進食，讓原本高大但精瘦的野狗王顯露虛弱。

牠脖子周邊已經被童軍繩磨破皮毛，滲出血漾。他指示肉彈與小金波解開兩側的童軍繩，往相反方向拉開，拖出野狗王。他們拉扯，野狗王沒有特別掙扎，只是順著力爬出水塔底部，依舊直挺挺站在高丁面前，露出犬齒嗚咽警戒。但牠只要稍稍低趴下前肢，像似要往前撲跳，肉彈與小金波就會反向拉扯童軍繩，勒緊脖頸，害野狗王急急搶氣。在一次童軍繩緊緊綳住狗脖子，野狗王低頭喘息的瞬間，高丁心底想著，給人養過的狗，不會吃小孩。

「可是，你不是。」

高丁呢喃出聲，高高舉起手中的空心鐵水管，重重敲擊野狗王的頭顱。只是一聲脆裂。野狗王依舊站定，雙眼定定看著高丁，沒有任何血液流出。一直到豆子小聲詢問，「牠，死了嗎？」野狗王像似聽懂這問句，四肢一軟，癱倒在廣場地面，雙眼活活睜開，但攤出長長的舌頭，從鼻孔流出兩道血流，沒有任何呼吸起伏。

高丁往後退了一步，緩緩呼出一口氣。他擦拭額角的微汗，對小金波與肉彈說，「死了。已經死了。從後腳綁起來吧。」

死了的野狗王被倒吊在廣場邊的榕樹幹上，離地到高丁的膝蓋高度。他拿出一支短柄的新水果刀，劃過野狗王的脖子。濃濃的血順暢地滴落到地面的大鐵盆。血流從一條慢慢緩成一段段，再慢成不接流的長水滴狀。狗血接不足氣，斷成一珠滴一珠滴時，二路口出現了三隻老犬人養的狗。其中一隻帶點老態，脖頸處一條斑紋的老狗。高丁知道，老犬人都叫牠，虎斑。

「牠們應該是被血腥味引過來的。」肉彈說。

「首領，要不要把牠們趕走？」小金波問。

高丁下達指令，肉彈一揮手，這兩天在飛碟噴水池廣場周邊、加強看守水塔的十多個兵團孩童，三人組，手持鐵管，敲打地面，把虎斑三隻家犬，趕回到二路中段。血腥味沒有被驅散。高丁以刀鋒劃開野狗王的腹肚，如電視裡野外求生指導的方法，將野狗王的毛皮與肉切割分離。先抓起毛皮，再從皮下下刀，把肉膜分離。從腹部剝到背後，再分別剝開四肢。他在腳掌處劃一圈刀，切斷皮毛與肉的連接。整條野狗王剝皮脫肉，直到脖子那道劃開頸動脈的下刀口。除了四肢的腳踝和狗頭，野狗王露出了完整的肌腱肉理。

小金波開口問，「真的要吃牠嗎？」

高丁擦拭著臉汗，環視一圈噴水池廣場，看著所有的兵團孩童，大聲說，「野狗能吃小孩，那我們也能吃牠們。」

廣場一片寂靜，只有不知名的鳥鳴，不知名的風搖動樹梢。高丁仰頭，叫喚樹頭的皮皮，解開吊掛野狗王的童軍繩。他同時叫來肉彈，把解下來的野狗王屍體，搬到已經放置在公車亭裡的辦公木桌。高丁拿起厚重的剁刀，一刀砍斷一隻腳踝，同時間一句一句呢喃。

野狗把小孩當成食物……

那我們也要把牠們當成食物……

吃過野狗的肉……

我們就不會再害怕牠們……

高丁舉起剁刀，環視聚集在噴水池旁的兵團孩童，大聲喊說，「野狗吃我們，我們就吃牠們。因為這就是戰爭。是野狗跟我們小孩的戰爭。我現在把野狗王的頭砍下來，不會吃牠的頭。我沒有埋葬二丁，我的弟弟。不過我會埋葬野狗王的頭。所以，每一個加入兵團的小孩，今天，一定要吃這隻野狗王的肉。這是我的命令。」

命令果斷。菜刀快速砍向野狗王的脖子。狗脖子的脊骨比腳骨粗太多，一刀無法斬斷。高丁又下了第二刀，第三刀。躺在辦公桌面的狗血濺得高丁半臉鮮紅，直到第四刀，野狗王雜毛茸茸的狗頭，才在刀鋒切剁木材的重擊下，斷了所有接骨連肉，滾落到候車亭的水泥地面。高丁拎起狗頭，托在手中。野狗王的舌頭攤軟在嘴巴外頭，眼珠子分別看向無法對焦的電線桿和噴水池。

「這是公平的戰鬥。我一定會好好把野狗王的頭，埋葬起來的。」高丁又大聲叫喊。近黑的紅血從高丁手心滴落。所有的兵團孩童，喔喔喔瘋癲叫喊起來。

高丁把剁刀交給肉彈，吩咐說，「牠撕開你的手臂，肚子的最後一刀，就交給你處理。」

肉彈毫不猶豫，拿起剁刀，痲利劃開剝皮後的狗肚，把野狗王的內臟全都掏到一旁裝血的大鐵盆。狗血濺落到水泥上，很快就被吸收，染出了初夜的深色。遠處的天空，有種清晨亮與暗交錯的視覺。兵團巡邏隊搬來了一個半剖開的老舊汽油桶。是社區野營用來生火用的。先前，他們把狗血倒入排水溝，並持續用乾淨的自來水，沖洗排水溝，沖洗鐵盆，沖乾淨野狗王所有的內臟，也把剁成小塊的碎肉，全都沖洗乾淨。大量的血與自來水，生出朱紅色的水流，沿著排水溝流出柵欄大門。這條通往山腳下的排水溝，沒一會就聚集了社區所有的蒼蠅。只要有水流過，就會看到一大群一大群的蒼蠅從溝底奔出。飛繞好一會，蒼蠅群又會再鑽進排水溝，發出可以聽見的翅膀振動聲。

負責清洗的孩童們一直沖水，直到瘋了的蒼蠅，慢慢恢復冷靜，才用大鐵盆盛裝野狗王的碎肉和所有乾淨的內臟，倒入一桶桶乾淨的自來水。肉彈加入大量的薑和蔥頭，再補上幾瓶從雜貨店搬出來的米酒，接著就把鐵盆搬上半剖開的汽油桶。另外一小隊的孩童，開始生火燒柴。就用冒出煙的、亂竄的、愈來愈猛烈的活火，烹煮野狗王的身肉肝胃。夜晚沒有敲門就進入新城社區。整個大鐵盆瞬間像火山口的岩漿一樣滾泡破裂。噴出來的熱漿，又和猛火親吻出滋滋響的水氣。等夜晚壓出路燈的細桿黑影時，各路小隊的孩童接連排成縱隊，從各路往飛碟噴水池廣場聚集。中空汽油桶的柴火轉弱到只剩下亮橘的保溫熱度。從一路小隊開始，每一個小孩都帶著自己吃飯的碗筷，夾起一小塊野狗王的肉。確定所有孩童都有一塊狗肉，高丁帶頭開始啃食，兵團孩童就開始吃狗肉。

豆子和一些女孩，以及還會假裝童音說話的男孩童，一開始還不敢把肉塊送入嘴裡。高丁則邊嚼著肉，走到這些孩童的面前，盯著看，直到那些小肉塊都被送入嘴裡咀嚼。

「高丁……首領，這樣強迫大家吃，是對的嗎？」豆子發難。

高丁沒有回應，持續咀嚼嘴裡的肉塊。他特意露出脖頸喉結，完成一次吞嚥，把碎肉吞入胃裡，然後一句話沒說，張開大口左轉右轉，像似要豆子檢查他的嘴，什麼都沒留下。

走上前的肉彈，直直盯看豆子，「吃野狗的肉，這也是一種戰鬥。」

整個噴水池廣場，沒有任何孩童說話，多餘出聲。柴火炭被燒得裂開崩碎，噴水池無聲，只有牙齒持續咀嚼咬合，以及細小喉管用了力的吞嚥。就在整座廣場不再咀嚼與吞嚥時，水塔後方的斜坡上，傳來一陣窸窣。那種乾樹枝被壓斷、草葉被撐開的窸窣，愈來愈靠近。所有孩童都聽見了，彷彿有無數的腳肢靠近過來了。就在一聲粗大的乾樹枝被踩斷後，一道黑影，跳出斜坡，躍過排水溝，落在廣場的黑邊暗角。它先是如野狗般，四肢撲地，接著兩條前肢離地，再以兩條後腿，直直站立成一個人。那瞬間演化的小小身影說明了，它不是野狗，而是一位孩童。高丁很快就認出來，它是被野狗拖走的弟弟，二丁。

孩童們的歡樂從飛碟噴水池裡翻騰到夜空。有些是不解狀況的驚訝，有些是開心的怒吼，有些是獲救後的顫抖。高丁靜靜看著走近上前的二丁，一個字的聲音都沒有。他的眼角有細細的癢。那被汽油桶柴火烘熱的臉頰上，有涼涼的水，自行往下爬。一臉髒泥，滿身苔屑的二丁也呆呆望著高丁，在各路兵團孩童的簇擁下，來到噴水池邊的烹煮檯。

一時間，高丁不知道說什麼好，抹去臉頰的自來淚水，單單問了一句，「還好嗎？」

二丁這時才哭出水，點點頭，「沒事。」

「沒事就好。」

高丁剛說完這句話，二丁瞄看汽油桶，驚慌退後一步。二丁看著大鐵盆，和殘留剩餘的湯汁料末，不置信地脫口，「你們在吃什麼？」

「我們殺了野狗王。」高丁說。

「你們吃了牠？」

「為了你，我們每個人，吃了牠。」

二丁一闔眼，整個瘦弱的孩童身軀，軟倒在地面，彷彿驚嚇，也像累壞似地昏睡，完全失去意識。直到下一個中午的全亮光感抵達社區，二丁才在熱汗裡醒過來。豆子先帶他到水塔邊，用多出管制量的自來水，將餘汗體垢完全沖洗乾淨。之後，換上新洗衣褲的二丁，才尾隨高丁和其他管理小組的孩童、各路小隊長，一行大隊伍穿過竹林，直抵孩童兵團的祕密墓園。

高丁領走前頭，拎著裝在塑膠米袋裡的，野狗王的頭顱和皮毛。肉彈率先拿起小鐵鏟挖開一塊地，旋即被高丁制止。

「不要埋在我們的墓園裡。」

「首領，那要埋在哪裡？」

「圓圈的外面。不管如何，我們還是敵人。」高丁指示圓石圈外頭的一塊泥地。然後他轉頭追問二丁，「野狗王的靈魂也跟來了？」

二丁點點頭，看著高丁的身旁說，「牠現在就站在米袋的旁邊。」

高丁以及所有其他孩童，全都看向高丁腳邊的米袋。但二丁知道，沒有其他孩童像他一樣看得見。

「首領，我早上去找過老犬人，問了這件事。」小金波說。

「老犬人怎麼說？」高丁問。

「他說，首領殺了野狗王，也吃了牠的肉，之後野狗王的靈魂就會跟著。殺了狗的人，就要繼續養著牠。直到狗的靈魂也老了，快要死了。牠才會離開你。老犬人說，活著的狗都知道，也看得見那些殺了狗又吃了狗的人。」小金波說。

「二丁不是狗，為什麼看得見牠？」肉彈問。

「可能是因為他沒有吃……」小金波說。

「所以我們看不到，是嗎？」豆子滯延猶疑。

「我想是的。我們全都吃了肉，所以看不見。只是殺牠的，是首領。豆子，這樣的事，你不知道嗎？」小金波說。

「這種事，書裡沒有。」豆子說。

「報告首領，我們之前在社區游泳池那邊，都看見巫女養的那隻狗靈魂。」八路的小隊長說。

「這個我沒問。巫女養的那隻野狗靈魂，可能是吃了她的麵包，我們才會看見牠。」小金波說。

「只要吃巫女烤的麵包，我們就可以看見狗靈魂，恢復過來嗎？」肉彈追問。

「肉彈，我們要恢復什麼？」豆子擺出臭臉。

「恢復……恢復到……」肉彈一直沒能說出想說的。

「沒什麼好恢復的。殺了吃了，就是殺了吃了。我是首領，不管之後會怎麼樣，牠就跟著我。」高丁出聲。

肉彈和其中幾位小隊長，分別拿小圓鍬和小鐵鏟，開始挖洞。其餘孩童拿去藍溪邊玩水挖沙的玩具塑膠鏟子，協助裝走那些被挖起來的泥土砂石。肉彈鏟起一大塊泥土說，「洞挖大一點，不然裝不下野狗王的頭。牠算是跟我打過仗的，最大隻的野狗，把洞挖大點。」

「社區裡，除了老犬人，已經好久沒有大人養狗了。」小金波說。

「我小時候養的狗，也送給山腳下的親戚。」豆子說。

「如果我們試著養狗……」

站在樹頭上的皮皮，罕見地主動出聲，「你們想說什麼呢？」

小金波與豆子，有些錯愕，立即又皺眉頭。

「現在不是我們自己混亂的時候。」高丁出聲。他轉身對二丁說，「知道為什麼野狗沒有把你……」

看高丁遲遲沒有說出口，二丁接走了話，「沒有把我吃掉？」

「對啊，為什麼？」皮皮的火氣呼上樹頭。

二丁回說，他其實並不知道。那天晚上，野狗把他拖回野狗窩。就在大門外不太遠的斜坡凹槽。在馬路望過去的視覺死角裡，有一個地洞，被幾棵倒掉的樹蓋住，很難發現。有幾隻野狗想攻擊他，都被那條母狗首領擋下來。牠欺近二丁，趕他到一棵樹邊，逼他爬上樹。隔天，都還有幾隻野狗守在樹根。渴了，二丁就舔葉子上的晨露。餓了，就摘食另一根樹爬過來的川七葉肉。一直到昨天下午，那隻母狗才領野狗群，全部離開，鑽進更高的坡野。他一直等到傍晚，確定牠們沒有再回來，才悄悄爬下樹，開始在樹林裡橫直漫走。入夜好一會，他隱約看見一小團橘色火光，沒有想太多，直直往那橘火的方向走，光源忽大又小，又從小轉大又再減弱。幾個抬頭落腳，就在火光快要消失時，二丁發現路燈排，再爬過一個不深的坡洞，就望見飛碟噴水池廣場了。

「那個橘色的光，就是燒柴煮野狗王的火。」二丁看著高丁身旁。

「你自己覺得呢？那隻當首領的母狗，為什麼放你回來？」高丁說。

「我猜，牠可能是要我回來，換這隻野狗王。」

二丁說完，正在挖掘的所有孩童全都停下了動作。就連野狗王靈魂也抬頭看著二丁。牠和他對看了一眼，就雄赳赳走到二丁的身邊，湊前鼻尖嗅著他，也沒有像恐怖電影裡說的，穿過小孩的身體。野狗王只是像狼狗那樣，朝向不遠處的蓄水池，嗥叫了幾聲。

「不管你叫多大聲，那些野狗都聽不見了。」二丁說。

野狗王露出牙齒對著二丁低嗥。二丁則帶點哀傷地對牠說，「你已經死了，沒辦法咬我。」

「那天野狗來，那隻母狗打開水塔的開關喝水。」豆子突然問，「二丁，野狗是不是也需要乾淨的自來水？」

「我不知道。」二丁搖頭。

「有可能，最近游泳池周邊，一到晚上，就出現很多野狗徘徊，說不定就是想去喝水。」小金波說。

「首領，要再加派人，看守游泳池嗎？」肉彈說。

「我們現在用一些碘酒簡單消毒，不過游泳池的儲水，跟蓄水池不一樣。蓄水池進到社區之前，還會經過一道簡單過濾，可以擋住那些小碎石和爛掉的樹枝樹葉。如果野狗的糞便、尿尿到游泳池，或是直接跳到游泳池裡，那游泳池的水，就不會是乾淨的水。」小金波緩緩分析，「首領，野狗要是經常到游泳池，那社區下半段要喝的水，一定會有污染，就不能當飲用水。如果短時間還沒辦法解決自來水上山的問題，長期下來，我們從山腳下偷接自來水到游泳池的行動，也會出現問題。」

高丁沉思一會，轉問肉彈，「目前游泳池的守衛排班怎麼樣？」

「每一班兩個人。從早上八點到晚上八點，每兩個小時換一班。目前是由五路到十路的小隊，各出一班人，守在前後進出口。」

「野狗有可能深夜才到游泳池。」高丁說。

「之前就跟首領報告過，現在，只能排出這樣守衛班。一路到四路小隊，加上我的小隊，負責社區巡邏還有大門守衛，幾乎是二十四小時輪班。我們社區的小孩，真的不夠。」

高丁環視各路小隊長，每一位都同時點頭。

「哥，不，首領，」二丁立即改口，怯懦說，「要不要規定，大人去游泳池排夜班守衛？」

「不行。」高丁立即否決。沿著墓園石圈看一輪現場所有的孩童，然後才說，「我們決定攻占管委會，接手管理社區，還開槍打死委員長，目的是什麼？你們大家，還記得嗎？」

二丁神情低落，半邊臉是委屈，另外半邊是隱隱的微怒。

「高丁。」豆子突然直呼高丁的名字。

高丁帶點憤怒看著豆子說，「你要叫我首領。」

豆子轉身側對高丁，氣呼呼不說話。僵持了好一會，在小金波的小聲安撫下，豆子才開口叫喚高丁，首領。

「所有的小孩都出來參與這次戰鬥，接管社區，我們都在這個祕密基地發過誓，沒有人會忘記，為了什麼行動。」豆子繼續說，「不過，我覺得二丁說的也沒有錯。如果不找大人守衛，至少，我們可以問一下老犬人，是不是可以派他養的狗，幫我們看守晚上之後的游泳池。」

「首領，豆子說的也是一種辦法。老犬人跟他養的狗，也需要喝到乾淨的自來水。」小金波說。

「報告首領，找狗，就不算是找大人幫忙。」肉彈也接話說，「如果由老犬人的狗來守衛，牠們一發現野狗，只要一叫，夜間巡邏隊，也可以立刻跑過去，保護游泳池的自來水。」

高丁低下頭。視線的位置，剛好有野狗王，直直站挺一具狗靈魂。只是他無法與那對發著螢光的狗眼珠對焦。高丁抬頭看著樹頭的皮皮。孤兒松鼠的長尾巴，剛好繞住皮皮的脖子，像條短圍巾。

「皮皮，你覺得呢？」高丁說。

「如果首領需要，晚上，我可以睡在更衣間的屋頂。那裡可以看見整個游泳池。真有野狗來，只要爬上欄杆牆，我沒有問題。」

「好吧，」高丁鬆開嘴角，看著二丁說，「那就由你去跟老犬人說，請他每個晚上八點之後，派兩條狗到游泳池，守住主要進出口。天亮之後，早上八點，再由肉彈安排的孩童，接手守衛。」

高丁的安排，讓所有孩童都鬆開肩膀。

「報告首領，還有一個問題，我們一直都不知道野狗的數量。」豆子說。

「二丁，你能推測野狗的數量嗎？」高丁問。

「那兩天，我在樹上看到的數量，應該沒有超過二十隻。只是我待的那裡，一定不是野狗唯一的窩。不知道其他的窩，是不是還有野狗。」二丁說。

皮皮爬到另一根電線桿，喃喃自語，「我上次跟蹤的，說不定超過三個。」

「如果山腳下的人，繼續把養過的狗，載到社區附近山區，丟棄在路邊，那野狗群，一定還會再增加的。」豆子擔憂著。

「山下的狗，會一直被丟上山。牠們會交配，生出更多小狗。我們永遠，永遠不會知道，社區外頭，究竟還會有多少野狗……」

高丁控制胸腔，試著呼出氣。這口氣，在這個季節，只有在天亮前幾個小時，有機會因為微冷，凍出白霧。只是太陽一露臉，數以千計的蟬，同時困在社區裡，鳴叫。那種令人發麻的震動與摩擦，與繁殖無關。只是數量上的龐大。在數量龐大的集體鳴叫消音後的那個月，每一個加入兵團的社區孩童，都不再害怕面對管理委員會的鬼主委。他們戲稱他是卵趴鬼主委，笑他連接受死亡、下地獄的勇氣都沒有。一對陰囊卵蛋，如果不是褲襠還在，一定會垂落地面。孩童們也調侃他，以前總是忽略社區孩童的基本需求，也不曾努力爭取自來水管線牽上社區，更沒有進行家犬與野狗的強制分野，讓已經消失好長一段時間的野狗，又大量繁殖成新問題，導致這幾年社區孩童陸續被野狗叼食失蹤。在幼蟬鑽泥期間，高丁發布過一道兵團命令，說鬼主委的靈魂，只要一離開新城社區的地界，就會立刻被帶入地獄。他會被社區牧師說的撒旦，用火烤，或者如社區二路邊陲土地公廟的廟公所指，由閻羅王處罰上刀山下油鍋。不論年齡或大或小，兵團孩童都深信如此。就連最膽小的孩童，都開始搖晃鐵管，驅趕那個慢吞吞飄著走、又不願意離開新城社區的鬼主委。

五路小隊的頭班守衛，經常在前往游泳池的路上，遭遇路邊排水溝裡的鬼主委。他藏身排水溝，任由一早從家用排水管排出的污水，沖過他的靈魂身體。有些住家流出的是沙拉脫洗滌水。流經過鬼主委，會生出很多泡沫。讓躺在排水溝的靈體，泡成一張巨大螃蟹的嘴，不停發腫更多泡沫。清晨的陽光斜斜鑽進排水溝，讓半透明的鬼主委，一身七彩亮色。是那些泡沫，把陽光的層色留存靈魂身體。其中一位守衛孩童，撿起小石子，丟擊那些泡沫，砸破更多陽光，卻也製造更碎的破沫，一粒粒，囤積出更多小太陽。半透明的鬼主委不知道被丟過多少石頭了，他完全不理會這兩個兵團孩童。

「好了，快走吧，我是第一次跟狗輪班。遲到了，會被肉彈隊長揍死。」一位孩童說。

「對，趕緊去工作，不要在這邊偷懶。」鬼主委說。

「我們才不會偷懶。」另一位孩童說。

「千萬不要學我們大人偷懶，不然，你們的首領高丁，也會用空氣槍把你們打死。」

「我們首領才不會這麼做。」

「怎麼不會？你們看看我，不就被他打死了？」鬼主委轉身背對兩個小孩，閉上眼皮，他還是可以透過後腦勺瞥見從孩童手中丟落的小石子。又幾個泡泡被打破，散落更多折射陽光的彩色，釋放出更多泡沫太陽。鬼主委忿忿然說，「看著吧，總有一天，你們也會長大。你們誰可以不長大？長大之後，你們就會知道，沒有人希望變成我們這個社區的大人。你們會討厭大人，不是全部我們的錯。不要忘了，我也曾經是小孩啊。」

兩位孩童對看一眼，異口同聲，「你又不是出生在這個社區。」

鬼主委無話了，把眼皮閉得更緊。陽光持續穿透排水溝，把他映照成不懂反省的燦爛靈體。兩個孩童發愣，彷彿懂了一些自己說出口的，又不能全部體會。他們不敢再多逗留，拔腿往游泳池方向奔跑。兩位孩童守衛抵達游泳池時，老犬人已經等在那裡。那兩條守了一晚的家犬，分別拴在游泳池欄柵圍牆角的主要進出口。一隻看守一邊。入口處裡面，高丁、二丁和肉彈，也站在那裡頭，等待著他們。

「對不起，剛剛在路上碰到鬼主委，才會遲到。」一位說。

「都是他害的。」另一位說。

「被他擋住好一會。」

肉彈眉頭一皺，不爽快說，「鬼主委那樣的身體，擋得住你們？」

「不是，我們不敢穿過他。」

「不敢？為什麼？你們還怕鬼嗎？」肉彈質詢。

兩個孩童彼此拉扯，不再多話，以免被施以更嚴厲的處罰。在吃過野狗王的肉之後，所有的兵團孩童都被告知，不可以再害怕野狗，更不能怕卵趴趴的半透明鬼主委。害怕鬼主委，害怕野狗，已經變成新的處罰條件。

「要不是首領在這，我一定揍你們。不過站崗遲到，是要接受處罰的。」肉彈看了手錶，再看一眼高丁。高丁點頭，肉彈對孩童守衛說，「站崗遲到，兵團的規定，怎麼處罰？」

「禁止看卡通節目。」年長的那位說。

「幾天？」肉彈問。

「三天。」兩人共同說。

「回去之後，自動跟你的小隊長報告這件事。這處罰算是輕的，不然你們真的想跟爸媽一張床，睡一星期？還是想跟別人的玩具告解，一連七天，說你做錯的事？」肉彈說。

「肉彈，犯什麼錯，按照規定處罰就好。」高丁說。

肉彈抿嘴，退回到側旁。老犬人解開扣在兩條狗項圈上的鍊子。讓那銀色的鐵條垂掛在柵欄牆上。那鐵鍊條不是老犬人的，是二丁從管委會舊倉庫裡找出來的。老犬人摸摸那兩條狗的額頭。狗兒也都對老犬人輕搖尾巴，嗚嗚的，說著只有牠們和他才懂的語音。

老犬人輕聲對狗說，有點憂傷與無奈，「兩條狗，換班，兩個小孩……」

「老人家，你說這話，是什麼意思？」肉彈說。

「兩個小孩，跟兩條狗換班，這是事實。」老犬人說。

肉彈無法反駁，咬牙，裂嘴成一具凶猛的肉團。

「你不用對我凶，你知道，很多孩子在背後怎麼說你嗎？」老犬人說。

高丁拍拍肉彈的背，要他放鬆，退到身後。然後篤定對老犬人說，「是的。兩個小孩跟兩條狗換班。沒錯。」

「狗的守衛，繼續下去，是吧？」老犬人轉頭對著狗說。

「是的。明天請換另外兩條狗過來守衛，可以讓牠們輪班……」高丁說。

「狗守衛的事，我來安排就好。」老犬人說。

「要讓狗輪班。」肉彈說。

「不一定要輪班。輪班不一定是對的。」老犬人說。

「這是首領的規定。」

老犬人望向高丁。在那對被眼皮皺紋壓小的眼珠子裡，高丁看見了堅持。那對眼珠，很陌生，很遙遠。他不曾在父親眼中發現，好一會，他才想起，母親在墜落山谷前，也有一樣的眸光。

「可以告訴我理由嗎？」高丁說。

「小孩的首領，你應該知道，我住在社區這些年，一共養了幾隻狗吧？」

「十隻，對吧。」高丁說。

「是十隻。現在只剩下七隻。全都叫獸醫結紮了，我不讓牠們再生小狗……」老犬人手輕輕一揮，兩隻狗兒原地坐下，發出遵從指令之後不能亂動的哀戚嗚咽。他接著說，「你們知道為什麼只剩七隻？」

「為什麼？」靜靜站在一旁好久的二丁，開口出聲。

「被野狗吃了吧？」肉彈追問。

高丁則是靜靜等待回答。

「只有一隻是被野狗咬死，也被吃了。」老犬人對坐著的兩隻野狗連彈手指，丟落兩響聲，再揮揮手，兩隻狗兒立尖耳朵，翹高尾巴，拔腿衝出游泳池，沿著階梯往上奔跑衝刺一段，又九十度折返撞進一大片的野生姑婆芋田。兩隻狗竄遠了，聽不見牠們玩鬧的互咬，老犬人才又說，「另外兩隻，都是公狗，都被虎妞引誘過去，變成野狗了。」

「那隻狗為什麼被野狗咬死？」高丁問。

「牠是母的？」二丁問。

「牠是公的，會被咬死，是因為牠不想變成野狗。」

「你怎麼知道？」肉彈質詢。

「養了那麼多年，我知道……」

有幾陣風，待在泳池的水面。停留不久，但每一道的每一步，都很清楚。高丁看到了，那幾陣風，全都有腳，兩條，四隻，全都是活的，都還能走。看著那些風腳，兩隻，四條，走上游泳池邊的小方地磚，一陣涼尾隨著，穿過周圍的綠色網狀柵欄。高丁感覺到那舒服的涼，然後說，「我知道了，老犬人，那派狗看守游泳池的事，就請你安排。」

「聽我一句話，小孩，你們還是會需要我們。不是我跟我的狗，是我們大人。」

高丁把胸膛挺得更高，沒有回答，把話題轉走了。「二丁跟我說過，巫女用她烤的麵包餵一隻死掉的狗靈魂。老犬人，狗死了之後吃什麼？野狗王跟著我，那我要餵牠吃什麼？」

兩位負責守衛的兵團孩童，站定定，在柵欄交錯產生的游泳池進出口，屏氣不動，等待著老犬人回答。二丁把手伸向野狗王的靈魂，想試著撫摸牠的頭。野狗王立即退後一步，證明死了，依舊是野狗。

「你。小孩的首領，就是你。」老犬人說。

「我？」高丁疑惑。

「是，你。如果我知道的沒錯，野狗王不是要吃你活著的身體，也不會吃你的靈魂，牠會慢慢吃掉的，是『長大的小孩』。」

「長大的小孩？」高丁說。

「長大的你。」

「長大的我，那是什麼意思？」

「意思就是，『長大的你』被你殺死的野狗王靈魂吃掉，就不會再長大，你會一直停在牠開始吃你的那個樣子。」

高丁臉色一沉。過了好一會，又噗滋笑出聲來。他靜靜對肉彈和二丁說，「這樣，不是很棒？不會再長大，就不會變成我討厭的那些大人。」

「是嗎？這是你希望的嗎？」老犬人說著，輕搖著頭。

「弟弟，你覺得呢？」高丁問。

聽著高丁叫他弟弟，二丁突然間不知道回答什麼。

「你呢，肉彈，你覺得呢？」高丁問。

「首領，哪件事？」肉彈說。

「殺野狗，然後再讓死掉的牠，吃掉『長大的你』，就不會變成我們討厭的大人。你不覺得這樣很棒？」

「如果首領要我殺，下次再抓到野狗，就讓我來殺。」肉彈回答。

高丁點頭，稱讚，好好好，口氣臉模都是早熟成年人樣。他呵氣斷斷續續岔氣，看向藍溪，連連搖頭說，不用，不用，不用殺。高丁那張孩童的臉，無法分辨出明確的情緒。沒有假裝開心，也看不出壓抑，更無法判斷他的臉，是不是已經開始靜止在無法長大的樣貌。視野遠方的天空，有一條淡淡直升的灰煙，差不多爬到遠山山頭的平行線，又被微風搔癢抖動扭曲。那是巫女正在燒柴烤火、為麵包窯加熱中的悶火煙霧。高丁的角度無法看見遠處的窯，但不知為何，鼻腔嗅到絲布厚度的麥粉香。燒烤的熱香，撞入他的耳朵。野狗王也朝同樣的方向，高高豎起尾巴，來回搖擺兩次。腳步聲近了。巫女緩緩從游泳池邊上的小徑階梯，一步步走上來。她雙手捧著一大鐵盆都是拳頭大小的硬麵包，身旁跟著那隻被他養活長大的雛狗靈魂。那些淡褐色的硬麵包，一顆顆像是從藍溪裡撈起來烘乾的鵝卵石。高丁記得，從前社區大人都開小孩玩笑，說那些硬麵包是鵝卵石變的，如果吃了，肚子裡就會開始堆放那些鵝卵石，慢慢地就會因為太重無法走路，最後麵包還會把胃袋撐破。

巫女瞄看老犬人，立即對狗靈魂說，「石頭，跟緊我。」

二丁看到那隻狗靈魂，直覺牠又長更高了，前胸四肢也更壯碩。像似雨天玻璃窗蒸汽發霧的黑色短毛，茂密發亮。石頭，曾經是一隻黑色的野狗。一看到野狗王有點失控跑向牠。兩隻狗靈魂一靠近，牠們身上散發霧光的皮毛，拉出靜電的亮線，全都貓髮模樣直豎起來。跟在高丁身後的野狗王，前撲身體，翻高嘴皮露出犬齒，作勢要攻擊。只是剛成年的狗靈魂石頭，絲毫不害怕左跳右跳，搖動尾巴。

「石頭，你不要靠近野狗王，牠可能會咬死你。」二丁的口氣，帶有關心。

「野狗王準備咬牠嗎？」高丁往二丁的方向看過去，整臉疑惑，「為什麼我可以看見那隻死掉的石頭，看不見野狗王？」

二丁聳聳肩，搖搖頭。這時，巫女拋出一顆硬麵包，直直滾到野狗王的嘴邊。野狗王發怒一口咬住那顆跳動攻擊牠的麥香鵝卵石。咬合瞬間，牠的犬牙穿過了硬麵包。酥脆的外皮裂開，從那些龜裂中，迸發少量灰白粉煙。讓周遭的所有人，都被那濃濃的麥子香氣，引誘出肚皮咕嚕咕嚕，交響了早晨的餓。野狗王就這一咬，下一口就把麵包吞下肚。高丁看著那顆硬麵包被咬破壓扁，飄浮在空中，滾兩轉，停在離地膝蓋高度，然後依甲蟲幼蟲鑽泥的速度，在那樣的高度上，滑走了一小段，然後靜止在空中。高丁還沒有從香氣裡游出來，隨著那顆硬麵包濡濕，變小，他先是看見了野狗王的螢光胃，其他內臟，再向下立出前肢後腿，向後捲翹尾巴，最後才是曾經被鐵棍用力敲破頭骨的狗頭顱。一整隻野狗王，浮現形體，彷彿剛跳入卡通、被死光槍照射，轉換成異星野狗。

肉彈和其他兩位負責游泳池的頭班孩童守衛，全都同聲，「首領，野狗王就在你後面。」

「要看到那些狗的鬼，就要想辦法讓牠們吃我們人加工，才做得出來的食物。」巫女說著，微微抬起下巴，「怎麼樣，老人家，要不要拿什麼跟我換幾顆麵包？他們這群小孩占領社區之後，只有我這邊可以吃到麵包。你應該也吃膩了那些有香菇味道的怪雞吧，怎麼樣，要不要？」

「我沒有可以跟你交換的。」老犬人說。

「怎麼沒有，你不是還有七、八隻狗？二十顆麵包，換你一隻，活的狗？」

「我養的狗，不交換的。」

「害怕我把牠們吃啦？不是吧，牠們要怕的，是這些會殺狗、吃狗肉的小孩。」巫女陰陰笑著，「放心，我連小孩都不敢吃了，怎麼敢吃狗。換你一隻狗，是要看門的。最近那些野狗，愈來愈囂張。我還沒出爐的麵包，都給牠們偷了。都還沒死，就急著偷吃我做的麵包，真是亂來。」巫女自顧自說著，用力一跺腳，斥喝一聲，石頭，過來。那隻狗靈魂就夾著尾巴回到巫女側邊。她蹺起嘴角對著石頭罵，「你已經不是野狗，不要跟那隻狗混在一起。不會叫，白養你了。看著你那些野狗種，把麵包都叼走，如果不是你早死了，沒骨沒肉，我就像那些小孩，把你剁了煮來吃。」

石頭尾巴夾得更緊，背弓著，彎成一隻貓樣。

高丁皺眉頭，對巫女說，「這次你要跟我們換什麼？」

「你們還能換什麼給我？不是那些怪味雞，就是那些野猴子。雞我能殺，換猴子回去，也沒有幾片肉，我根本也抓不到牠們。你們能幫我殺好，留下肉跟腦子嗎？」

「我們不吃猴子的。」肉彈說。

「那我用這盆麵包，換你這個小胖子。就你的肉最多。」

巫女斜眼瞄著肉彈。肉彈立即往後退到高丁身旁。他也看得見野狗王了。當牠一翻開嘴皮，肉彈又繞到高丁的側邊。

巫女回看高丁，「小孩的首領，怎麼樣？之後我多烤一些麵包，跟你換小孩，好不好？」

高丁只搖一次頭。

「天氣馬上就要變冷，你們挨得過嗎？你們全都會需要我的麵包。」巫女說。

「吃的東西，我們兵團會解決。」接著，高丁直直脫口，「小孩不行，換社區的成年人，你要嗎？」

「我要那些沒用人幹嘛？算了，吃你們任何一個，不管大人小孩，我不就跟那些野狗沒兩樣？不過我要警告你，你殺了那隻野狗，又吃了牠的肉，之後會怎麼樣，沒有人知道。」

「就是像你一樣，不是嗎？」高丁說。

「是的，小孩的首領，你會變成她。像她一樣沒辦法再長大。但還是會慢慢變老，身體也會慢慢壞掉，也會跟所有你討厭的成年人一樣死掉。就像我，再過不久，也差不多就會死了。」老犬人說。

「小孩，你還是比我厲害。我是被我爸害的。我根本就不知道麻布袋裡裝的是狗。我爸要我用鐵鑽一戳，被打得半死的狗，就斷氣了。他還讓我喝湯吃肉，你相信嗎？」

「你爸為什麼這樣做？」

巫女眼眶一顆濕一顆紅，沒有一滴淚，也沒多說一個字。

老犬人嘆了氣說，「他……太想要愛她了。」

「老傢伙，就像你愛那些狗一樣。誰知道你跟那些狗雜種，在家裡幹了什麼事。」巫女厲聲回應。

老犬人深深嘆息，沒再多說，輕輕搖頭。

「小孩，那隻狗靈魂，吃你的時候，你沒有感覺，根本也不知道。別擔心，不會痛，只是你會變得跟我一樣，永遠不會認識長大之後的你……」

巫女說完，笑聲詭異，一會調音到成年，下一聲調又是女孩的尖銳。她端穩鐵盆，繞出游泳池的進出口，繼續沿著游泳池邊的小徑往上坡階梯走。再走上去，就是社區中央的養雞場。如日常工作，那些負責養雞場的大人，現在應該已經結束餵食活動，開始用乾瘦的老竹掃帚，刮起一地雞糞，集中成一小堆一小堆，再剷進手推車，送到養雞場的邊角斜坡，和收集成小山的枯萎落葉，集合攪拌混雜。最後，用藍白帆布蓋起來，慢慢發悶加熱、發酵熟成新的堆肥，返餵由豆子負責、那些花圃菜園裡的紅蘿蔔、芋頭、番茄，以及那些野地繁生好久的香蕉樹，生長得更好。

「首領，我先過去養雞場。巫女一定會拿麵包跟我們換雞的。」二丁說。

「報告首領，我也去大門警衛亭，看看是不是有郵差送來的包裹信件。」肉彈說。

高丁有點恍神，點頭回覆這些請示，但看著游泳池水面的天空，不斷盪漾著一個念頭：很快，真的很快。這個郊野的山腰社區，天氣真的會突然變冷。一冷，每一位兵團孩童都會吃得更多，身體也會長得更快。

離開時，肉彈沒有想著冷。風尾隨，一路往上走，走到另一個早晨。在厚厚的脂肪皮層外，一陣雞皮疙瘩，才讓肉彈紮實撫平一片冷。這個早晨剛開始發亮，天空就加裝一層透光不佳的壓克力雨板。大門警衛亭傳來喇叭聲。郵差在社區連外的產業道路的那一頭，持續按壓速克達的喇叭。如往常，約莫一分鐘，喇叭聲就接力賽，順坡爬高，衝過大門柵欄終點。肉彈檢查警衛亭巡邏警衛的排班簽名簿，剛簽完名認可，便聽到喇叭聲。他繞出很久都沒有升起的柵欄，走入產業道路。有時會是由值班孩童，去接收郵件，肉彈也好久沒有走這一段下坡路。除了堆砌兩側排水溝的落葉，這條連外道路，沒有一處彎道多一度左傾或是右斜。他清楚記得，跨過那條界分的排水溝，再繞過一個彎道，就會看見那些被鋸斷橫倒、阻斷了進出的塑膠樹幹。它們冒著頻頻點頭同意的焦煙，也如它們被鋸斷倒下之前，身上還纏繞著少量節慶時的燈炮。依舊是白天，從樹枝頭長出來的塑造楊桃果實，還有幾顆吧；依舊在空心的果架裡，閃爍著果紅、墨綠、寶藍的珠燈亮光。還有一顆亮著花的不知名樹幹，藍色天空倒落的亮裡，接生出各色小花。那些各色小花炮，跟著控制電流的小變電器，一閃一閃，活到這一次的季節交替。

「好一陣子沒看到你了，肉彈。」郵差輕聲喊著。

肉彈走上前，厚腳踩上一截被熱電膠腐蝕的大王椰子樹樹幹，晃動圓滾滾的身體，搖出回應，「我也好久沒看到你了。」

「你們接管社區到現在，那些爸媽，跟其他大人，還好嗎？」

「不用再去煩上下班工作的事，又有得吃有得喝，那些大人很自在。」

「食物都充足嗎？」

「從雞腿菇、猴頭菇長出來的肉雞跟猴子，愈養愈多。豆子的花圃改造計劃也很成功。吃的，不用愁。沒有小孩會餓瘦。」

「米呢，還有嗎？需要再幫你們換米嗎？」郵差微微露出擔憂。

「雜貨店的冷藏庫冰著的米，二丁說，還夠一個月吧。不用擔心，花圃也種了馬鈴薯、地瓜，差不多要分批收成了，還能吃上好長一段時間。就算明天開始冷，也有機會撐過去。我們已經把藍溪旁邊那塊老梯田，重新翻土，看看能不能趕在轉冷前，試種一期稻子。」

「肉彈，你講的這些，連我們大人都不一定做得到。」

「不會的，一定都做得到。現在這些日常生活的工作，都是社區大人在做。主要就是弄吃的。有乾淨的水，有吃的，就能活下去。沒有想的那麼難。」

「你們現在是有米，不過不會長苗。要種田，會需要秧苗。」

「豆子在社區圖書室已經查過書了。應該可以做到。到時候，要請郵差你幫我們換稻種。豆子說，我們可以自己試試發苗。我們討論過了，你是郵差，一個郵差去買一堆秧苗，會不會很奇怪？」

「也對，總不能騎這輛野狼幫你們載秧苗。水田的水，怎麼辦？」

「占領到現在，一直沒下雨。我們想試試自來水。」

「我看到你們偷接的水管了。不過最近的自來水，氯放太多，稻子會長不大。」

「這個我們有想到，可是就是等不到雨啊。」

「對，今年一直沒有雨，我們郵局裡都在開玩笑，梅雨季好像那個逃犯。那個叫什麼什麼名字的，新聞一直在播，你們有看到嗎？」

「小孩又不看新聞。除了卡通，首領最近開放看的電視節目，是《又見郵差來按鈴》。呵呵，就碰到你來按喇叭了。」

「沒辦法，只能按喇叭。你們又不讓我進去，怎麼按門鈴？」

「就算你進來了，要按誰家的門鈴?沒有大人應門，都算按錯鈴吧。」肉彈吐舌尖。

「都幾個月前的事了，你還記著？」

「那時候，我們兵團又還沒有占領社區。小孩都知道啊。」

「你這只是耍嘴皮。不過要種稻子，是要看天下不下雨才行。」

「一樣沒辦法，下不下雨，只能等。不管有沒有雨，小金波已經開始把藍溪的泥巴運到田裡。我們打算跟自來水拌在一起。這樣說不定能種活稻子。」

「這辦法，你想的啊？」

「我怎麼可能，是小金波開會建議的。」

「真厲害，能想到這種辦法。小金波也是聰明的小孩。」

「他跟豆子都是。不像我跟皮皮，只會玩。兵團決定好了，我們服從，這樣最好。」

「也不一定要這麼想。小金波說的辦法，我也不敢說一定有機會……只是我看這個天……」郵差轉開話，仰頭看著連外道路夾出來的一條天空。那灰鴉鴉的一塊平天，偶爾快速滾過一片偏白的厚雲，又來一小條藍，再接拉大片的灰。他說，「氣象報告說，再過幾天，說不定有機會下雨。」

「能下最好。不管怎麼樣，首領說，要謝謝郵差，幫我們那麼多。」

「首領還是高丁？沒換人吧？」

「沒換，現在大家還是聽他的。」

「這樣就好。你呢？還好嗎？」

「我，怎麼樣？」

「跟著高丁，可以嗎？」

「他是我們投票選出來的。首領只有一個，選出來了，他說什麼，我就做什麼……當然，我知道有些小孩在背後怎麼說我。」

「怎麼，他們說什麼？」

「他們說，我是高丁養的狗。他一個指令，我一個動作。」

「他們怎麼這樣說話……你能接受嗎？」

「為什麼不能？我只是小孩。」

「好吧……能接受，不委屈就好。那你跟高丁說，不用謝我，也沒什麼好謝的。不是他幫我，我家連屋頂都沒了。」郵差笑開嘴角說，「我才佩服你們這群小孩，真的占領了社區。」

「到目前為止，還能成功，就真的要謝謝你。」

「謝什麼呢。」

「謝謝你幫我們說服那位抄電表的台電叔叔，請他協助我們解決繳電費的問題。如果不是你跟他，我們的接管社區的行動，一定會被發現。」

「還好你們整個社區都在水源保護區，不用每一家都繳水費。整個社區收一筆，一個數，他才能把這事辦好。我跟抄電表的，都是兩光。兩個窮光蛋。要誰娶老婆，都很難了。我們兩個，是長不大的大人啦。」

「長不大很好。不過你們沒辦法，已經長大了。努力不長大，日子會比較好過吧。」肉彈學高丁的口吻，對郵差說話。那嚴肅的假樣子，逗笑郵差，也逗得他自己胸脯肥肉一抖一抖的。

「我不是你們的住戶，也看不慣這社區的很多大人。以前出了那麼多事，他們還是老樣子住在裡頭。好像那些事，都跟他們無關。」

「一點都不奇怪。」

「啊，我想起來了，你們社區，每年還有水源區的補償金可以領，你們要怎麼處理？」

「那是明年的事，能接管到那時候，會想到辦法吧。」

郵差提醒，還要趕到另外一個社區，送另一批包裹郵件，不能多聊。他從草綠烤漆的野狼一二五郵差車後掛包箱，拿出了一疊用細麻繩綁好的郵件，交給肉彈之後接口說，「簽名的部分，跟以前一樣，我就統一簽了。」

肉彈笑著點頭，腋窩一疊厚厚的郵件，擠壓他的大臂蝴蝶肉。只是一個彎道，轉身的郵差就騎遠了，消失成另一位陌生的山下人。肉彈也轉身沿著連外道路走回社區。還沒走過大門柵欄，一陣山下來的風，滾起排水溝的落葉，溫度突然降下許多。不是冷，就只是涼。這涼，是有耐力的。它一直堅持到郵差來按喇叭送信的那天傍晚。才入夜，肉彈跟高丁報告建議，應該要持續派孩童去看氣象新聞，不能老是靠皮皮的孤兒松鼠來預測天氣。向來沉默的皮皮，正打算開口捍衛孤兒松鼠那段可以精準預測下雨天的尾巴，兵團指揮室外頭、幾棵比較矮的檳榔樹，突然被颳著夜的風，一陣呼嘯聲，就壓彎壓歪了樹頭葉。

這一天，牆的顏色沒有走髒，聚會在噴水池上方的空氣，也還留著昨天前天的氣味。但冷鋒面真的到了。孤兒松鼠的尾巴還來不及左右擺動，豌豆大的雨滴就砸破在中央廣場，也把飛碟噴水池裡緊貼著磁磚底的水面，打出一圈一圈水蜘蛛走過的漣漪。抬頭沒有天空的孩童，都走到室外。原本待在室外的孩童，睜著眼，讓雨水刺擊臉皮額頭。他們張開手掌，彷彿盛水，直到一位不知住幾路孩童開口說出，下雨了，下雨了。另一個孩童才笑開眼尾。又一個孩童跟上雨的節奏笑出聲。呵呵呵。一滴滴的聲，全都落到馬路，成了雨，第一時間收乾成水。孩童的笑，讓柏油碎石長出水斑點。笑聲開始向外擴散，雨也是由近到遠，從山腰的社區墜落到山腳底部的那座城市。在社區內的道路上，所有兵團孩童喊著自己所屬編號的小隊。一直重複喊著，第三小隊、第六小隊、第一小隊、第九小隊……一直在雨線的縫隙重複。各路小隊的兵團孩童把看見的視野全都笑出迴音。這場雨沒有落後，接手把每一片葉子、每一隻奔跑的雞，緩慢浸入濕潤。

高丁和肉彈走出兵團指揮室。小金波、豆子和二丁，從不同編號的路徑小跑步到噴水池廣場。

「終於，雨來了。」豆子臉上帶著微笑。

「這種雨，如果可以下五天。不，只要四天，就可以裝滿上游水庫。藍溪也會一下就漲起來。二路的蓄水池水位，也會滿。」小金波興奮著。

「游泳池，明天，可能就會滿出來了吧。」二丁有點害羞笑著。

「豆子，梯田那邊的進度怎麼樣？」高丁問。

「土都翻好了。藍溪的泥巴和之前的堆肥，小金波也差不多混進田裡。就等這場雨。現在，可以把各路的大人，編成梯田小隊。只要換到秧苗，田裡的泥土泡軟幾天，就可以插秧苗。」豆子彷彿背誦說明書，描述著種稻的開始。

高丁想想追問，「小金波，引水道那邊怎麼樣了？」

小金波從藍溪地勢比較高的位置，牽了一條舊水管道，沿河岸頭接尾接到梯田台。接連溪水的那一端，用拆下來的紗窗綠網包住水管頭，防止落葉流進水管阻塞。小金波說著開始擔心，不知道水管頭是否可以吃到水，報告說一會再過去巡一次水。他也提到，水電機械小隊在拉水管時，遇上了巫女。她在藍溪對岸對小隊孩童喊，不准他們從她的窯坊家面前，牽一條那麼醜的水管，會影響她的視野。如果不把管線處理好，她一定會拆了這條接到梯田的水路。

「那水管現在怎麼樣？」高丁問。

「早上回報，都還在。」小金波說。

「那不是整片藍溪的河床，都是她家。」肉彈忿忿然。

「她是這樣說。」小金波在直雨裡聳肩。

雨的網把生長在路邊的鐵角蕨，覆蓋了一卷卷的珠滴。高丁想到巫女告訴過他的，再也無法在鏡面看見長大的自己。野狗王的靈魂距離高丁有五步。牠的四掌周邊有積水流動。斷裂的雨絲，穿過狗的靈體，光從地面將一隻狗的靈魂立體起來。彷彿卡通外星狗準備要回到飛航母艦，直直站在底部入口處的投射線束裡。雨裡的野狗王不像靈魂，牠的形體是由清楚的雨水凝聚繪製。彷彿，雨是狗的肉，雨也是狗的血。確實可以食用可以喝飲。由雨延伸的不遠處，水塔後面的斜坡上，曼陀羅葉被持續的雨水壓彎，姑婆芋被搧了巴掌，東搖頭西晃著細頸。野狗王的鼻頭抖擻一下，往前踩了兩步，斜坡上的野叢縫隙就鑽出十來隻的野狗頭身。高丁與五人小組立即發現牠們，肉彈正要呼喊兵團孩童，卻被高丁制止。

野狗群沒有跳出斜坡，沒有隱藏漂著水澤的毛髮。牠們站在油亮的草葉之間，長成了各色發亮的野叢斑點。唯獨那隻母狗首領，躍下斜坡，停在水塔邊，與野狗王對峙相互探首。警衛亭的值班孩童，突然吹起掛在脖子上的警笛。兩短聲三長聲，通知野狗來了。但笛聲完全被雨水阻擋在廣場上方空中的水膜。不少笛聲，還被打落到飛碟噴水池，被那些快速游來的魚群搶食入肚。不久後的幾天，這位值班孩童就會知道，天氣放晴的傍晚，更加熱辣的室外溫度，會把噴水池的池水加熱到缺氧。屆時，還活著的魚群會紛紛浮到水面呼吸。而搶食了笛聲的魚，張嘴閉嘴，都會吹出警笛鳴叫，打亂兵團原先設定的警笛密語，讓孩童們不知道怎麼辦才好。兩短一長，他們就拿著鐵水管武器，衝出道路，卻不知道要去哪裡圍剿野狗。在沒有外人闖入社區的午後，水面魚嘴一樣嗆出，一長五短。各路孩童們都還在吃晚餐，突然三長三短，他們左邊看右邊，都不知道是不是要開始帶領社區的父母和其他大人們，前往指定工作場所，進行社區成年人的人數盤點。高丁沒有其他辦法，只好下令捕撈噴水池裡的魚，煮成一鐵盆的鮮魚湯，給當天夜斑巡邏的孩童充當宵夜。

在魚鳴的天晴日之前，不懂疲倦的雨水，持續把噴水池廣場織成一張看來不真實的油畫。警衛亭的值班孩童想要再次吹警笛，肉彈依高丁指示，雙手打示交叉，不要吹警笛訊號。母狗首領走近野狗王。牠們近距離嗅聞雨水裡的彼此，但鼻尖都沒有碰觸到對方，直到一滴雨打中母狗首領的眼珠，牠一眨眼，狗頭向前挪動一寸，鼻尖才沒入野狗王的靈魂。牠突然意識到什麼，退了兩步，朝向張開雨網的灰黑天空，發出哀慟的嗥叫。野狗王也回應低嗥。兩道淒厲交響在一起，讓高丁的身體往後仰。不知道為何，巨大的恐懼同時讓他的身體劇烈興奮。

母狗首領瞪著高丁。那緊緊咬合的犬齒，穿透過雨水的膜。牠轉頭，跑上斜坡，沒有再回頭。野狗王只是往前走幾步，沒有追逐，站在噴水池的紅地磚上，繼續讓雨水製造出狗靈魂的形體。

肉彈呼出氣說，「跑了，牠一定害怕了，知道打不贏我們。」

高丁抹去眼皮積水，抬起頭，跟樹腰上的皮皮說，「去通知各路小隊長，請他們交代自己的小隊員……從今天開始，要更小心野狗……」

「首領，現在是牠們怕我們吧。」肉彈強調。

「不是的，我也覺得，野狗可能會開始攻擊我們。」豆子說。

「要準備跟野狗戰鬥了……」小金波說。

「來就來，怕誰了。」

野狗的遠吠，開始先盤據在近一些的樹林，再慢慢繞遠，散落比較靠山的雜坡野地。等環過大半圈，犬吠，包圍了一整座社區。

高丁沒有再多回應談話，對屋頂上的皮皮說，「多穿點保暖衣褲……趕緊去通知大家吧。」

大雨像似忘了離去，一連走了七天，占滿兵團孩童能看見的所有社區角落；大雨也像似植物人的生命，在遠山處滋滋跳動，把遠山數腳夾住的城市，全都洗潔發亮。雨天過後，總是爬在高處的皮皮，站上電線桿頂端眺望。最遠的那座臨海山屏，側躺成一隻午睡中的頑皮豹。皮皮看出那似豹幻狗的形體，隱藏不住想笑的嘴角。他從褲袋拿出那顆B. B. Call機。黑黑小小的一個方盒子。站在電線桿的頂端了，皮皮再伸手拿高它，好像再向天空多幾公分，已經失去電力的B. B. Call機，就能收到來自山腳下某處某人留存的語音通知。總是沉默的他，也想到要用手心的B. B. Call機，撐著社區這一邊的晴朗天空。就這樣的姿勢，持續站在電線桿上，皮皮持續想著，一連幾天的大雨，社區不會再缺水了吧。

從廣場接連到四路的主要幹道上，兩側的排水溝依舊流竄山雨水。這些水從地底跑出來。從那些被雨水腫脹的斜坡草皮，和被雨水抬高的樹根底，湧出來，先鋪了地再撞入排水溝，把堵塞的樹葉爛泥沖得更遠。有些接入藍溪中游，有些則是自顧自，以水的姿態，進入山腳城市。孤兒松鼠爬下一點，站在變電箱上，看著排水溝的水。突然，鬼主委一路沖浪似地沖過來，撞停在電線桿根部。

鬼靈魂仰頭看了一眼孤兒松鼠，泣的一聲，嚇得孤兒松鼠鑽回到皮皮肩後。他嚷嚷出聲，「下雨了……怎麼辦？」

皮皮不懂他的意思，收好B. B. Call機。鬼主委手指摳住電線桿的木纖維，很吃力向上攀爬。皮皮沒等他爬到一半，跟孤兒松鼠踩彎電線，跑到另外一棵樹頭，才又回頭探看。

鬼主委邊爬，邊說著——蓄水池滿了，游泳池也滿了，我卻被你們小孩殺死了——鬼主委不斷重複這幾句話，有點抱怨無奈。皮皮卻聽得出來，主委已經接受自己只剩下靈魂的事。

雨天過後的夜初時分，悶熱已經無法躲藏在靠近地面的空氣。入了夜的社區，就算孩童快速走動，也不流汗了。清晨的社區，如果有太陽照耀，會在潮濕裡回溫暖和。但正午過後，當警衛亭的日照影子走渡到柵欄頭的這段時間，太陽光還是會灼傷臉皮，沸騰手背上的自來水。沒有疼痛感的肉彈，進行了這一項實驗，還真的燙傷了手背幾個點狀皮膚。整個孩童兵團高度戒備，隨時準備與野狗群進行戰鬥。每個孩童肩膀緊繃著，走溫，走日，走風，走夜。一天，大王椰子樹的老葉梗掉落。又一天，梯田裡的水滿溢，慢慢把田土軟成會吸住小孩腳皮的黏稠泥漿。再隔一天，雨滴擊落的楓葉，許多都還沒有轉紅橙，只是在綠裡生出微弱的黃斑，就被咳嗽的風，呼斷梗蒂。

第一批吹落的青黃楓葉，多半是不想久活的。小金波看著社區路邊的落葉，開始溝通行動。他告訴高丁，野狗應該躲在某處，正準備發動某種攻擊，但社區的日常生活與工作，還是有人要去執行。小金波把被蜘蛛捕入網的大型馬達吹風機，搬出倉庫。由水電機械小隊的成員，擦拭乾淨這台用來吹掃落葉的器具。小金波找出了占領前儲存到現在的柴油桶，把燃料倒入馬達吹風機的油槽，快手一拉扯，馬達就啟動了。大型吹風機立在廣場地面，快節奏持續咳嗽。一順暢之後，出風管口就噴出大量看不見的強風，奔奔奔，推走地面的砂礫粉塵。小金波試著背起這台巨型吹風機，才吹掃完社區小巴士的停車亭周邊，就已經挨不住。一是馬達機心實在太重，更嚴重的是背帶無法調整到孩童尺寸的緊度，從排油口噴出的熱氣，時不時就會燙傷小腿肚。

「首領，用機器吹掃落葉的工作，我們做不來，還是要找大人做才行。」小金波在指揮室裡回報。

「是無法操作？還是太重？」高丁問。

「就算我們有力氣背，可是小孩子的身高，就是沒有辦法。吹落葉的機器不是幫小孩設計的。就算背帶位置縫短，勉強可以背，小孩就是容易被熱風燙傷。」

「就算是這樣，我們還是要自己想辦法。」

小金波低下頭，推推鏡框，眉尖憂慮愈來愈重。不是只有小金波，一旁的豆子，也開始生起微怒。

「小金波，這很困難，我知道……我想先從各路小隊找個子比較高的孩童，來負責吹掃落葉？就一週一次？」高丁說。

「現在還可以。因為落葉沒有很多。不過再來幾次鋒面……到年底這段時間，一週掃一次落葉，馬路會被落葉蓋住。有雨很好，只是落葉沒掃，兩三天就會腐爛，到時候可能就要用鏟子了。」小金波說。

一旁安靜了好一會的肉彈，突然開口，「如果得用鏟子，我們就用鏟子。」

「肉彈，用鏟子，只是多辛苦。不過通往各路的捷徑階梯，也會不能走。如果野狗真的發動攻擊，各小隊彼此支援的時間，就會拖延。」小金波說。

「小金波，你是聰明小孩，我沒想那麼多。我是小孩當然會累，累就累，但我不會因為累，就把事交給別人。」肉彈說。

「我沒有說，我不願意工作。」小金波生氣了。

「你們兩個不要吵……」高丁開口制止，「小金波，找大人做，是聰明的做法……是長大之後的聰明。現在我們是小孩，靠自己就好。」

「工作已經愈來愈重，再增加工作，兵團受不了會解散的。」豆子說。

一直屈膝在收發辦公桌後頭的二丁，這時機點也開口，「現在大家只能輪班，擠在社區遊樂區玩，擠著看卡通影片，偶爾去球場打籃球，沒有其他好玩的遊戲了。」二丁說。

「首領，已經好久了，籃球場有一半都在曬蘿蔔乾，也不能打全場比賽。小孩需要一點比賽。」豆子說。

「以前還有機會，到山腳下的運動公園，去動物園。」二丁又補充。

「以前的事，不用再討論。」高丁喝止二丁，噘著嘴好一會才緩氣說，「那你們有什麼建議？」

五人小組全都驚訝地彼此互看對方，不確定「建議」是指什麼意思。

「社區還有其他的設備，可以讓大家玩的嗎？還是要讓所有的孩童兵團一起比賽什麼遊戲？」高丁再問。

「可以進行比賽遊戲了嗎？」小金波質疑。

「要看玩什麼遊戲。」

「中午之後，有一小段時間，還是很熱……」二丁說，「首領，我們可以開放游泳池，讓大家玩水嗎？」

「讓大家到游泳池玩水，不會污染自來水嗎？」豆子說。

「都下這麼久的雨了，游泳池早就不是自來水了。」肉彈說。

「已經很久沒有下水玩了。藍溪水坑滿了，我們也沒時間去玩水。」二丁嘟囔著想法。

「皮皮呢？也支持這個建議嗎？」豆子說。

掛在鐵窗外的皮皮，沒有點頭也沒有搖頭，輕輕回應，「不管開不開放游泳池，我都不會下水的。」

「我們好不容易解決了下半段的自來水供應，都白費了。」豆子賭氣說。

「豆子，不會白費的。我們就開放游泳池，讓大家玩玩水。」高丁補充。「不過兵團還是禁止去藍溪水坑，那邊太靠近野狗了。」

除了豆子與皮皮，其他人都開心笑了。肉彈還呼喊了一聲嘿呦。高丁要大家別太開心，立即說了限制。

「我只開放這一週，之後，游泳池要停止使用。」

「停止使用？是不能再玩水嗎？」豆子問。其他人也都一臉疑惑。

「不是，我要關閉游泳池。」

「首領，為什麼關閉？是不用游泳池來儲備自來水嗎？」小金波說。

「大家別忘記，我們跟野狗的戰鬥還沒有結束。解決野狗問題之後，我們可以另外辦一場遊戲，讓所有的小孩開開心心玩幾天。」

「什麼遊戲？」二丁插話追問。

「說不定，就是我們的戰爭遊戲。」高丁說。

「又可以打仗了嗎？太好了，這比玩水更有趣。」肉彈擺出好戰的姿勢。

「游泳池停止使用之後，首領要做什麼？」豆子沉思。

「我要讓游泳池消失……」高丁睜大眼睛，骨碌碌溜轉。

讓游泳池消失？孩童們都露出驚訝。就連窗外的皮皮都在鐵框上來回一次站直又屈膝。沒有人知道高丁在想什麼，他沒多做解釋，只是簡單說，接下來會一一指示，並吩咐肉彈，開放游泳池這一週後，就停止白天孩童兵團的排班守衛。

「那老犬人的狗呢？」肉彈一身肉，抖落更多的疑惑與不解。

「晚上的狗守衛，也一起撤掉。小金波，就像你說的，其他的社區日常工作，還是跟以前一樣。有關落葉的問題，你就從兵團各路挑選個頭高大的孩童出來，直接編一個小隊去處理。他們不用排班巡邏，也不用去管養雞場跟菜圃的工作。這個小隊，在樹葉落光之前，就只做這件事。」高丁說完，把目光移給豆子，然後再對她說，「這樣可以嗎？」

樹葉是聽得見孩童說話的。地面又恢復乾燥，同時開始累積落葉。它們說好似的，在各路小隊晨跑與巡邏的路線上，背著孩童，重複堆積著半枯葉片。從一路頭、十路底，一路散打柏油，接棒到大門警衛亭。它們不畏懼高丁，尾隨他和他帶領的五人小組，走出連外產業道路，知悉孩童兵團接手了郵差載送來的水田稻種。兵團回贈十隻抹鹽收水成肉乾的肉雞和兩隻活猴子。一隻猴送給郵差，另一隻請他轉送給抄電表先生。肉彈特別強調，兩隻猴子都還沒有取名，就留給他們各別取名，養在家裡當寵物，陪伴單身的他們。

帶回稻種之後，豆子領著幾個年齡很老的社區老人，開始下田培育秧苗。這些老人，小時候都下過水田做過農事，褲腳一撩高，沒有誰忘這些小時候的田事工活。豆子決定要找社區老人下田時，高丁私下問過，為何找大人幫忙？豆子的說詞，一是他們都已經活過成年人時期，變成了老人，比小孩更懶得說話。有時，脾氣比兵團的任何一位成員，都更像是孩童。豆子以此說服高丁，也說服其他管理小組成員。這些老人比較靠近小孩，而非社區那些還健康活在壯年期的大人。另一更重要的立場是，這些老人幾乎全都贊成孩童兵團接管社區的行動。他們比孩童更無法接受凡事都冷漠的成年人。這些老人沒有對活日冷淡，因為發生在遠地的戰爭結束後，老人們面對填飽肚子的活事，讓他們持續忙碌的溫度。當他們發現能喘口氣時，肩膀已經無法舒展，脊椎也鈣化彎曲，讓他們只能看見七十五度俯瞰的視野。剛好，這樣的角度，很方便看見孩童，發現那一對對還是黑白分明的眼珠。於是當豆子要成立種稻小隊時，老人們在公寓的長廊裡，一邊抽菸一邊咬耳朵，很快就達到了二十人的組隊目標。

高丁這次沒有堅持反對，但特別告誡豆子，不能讓這些老人們，在加入種稻小隊後，生出更多老人的傲慢。在占領初期的某日，高丁找來兩位警衛，以油漆塗抹了公車亭的敬老通道。他只塗鴉「敬老通道」四個字，但留下兩路排隊的三條白線。在接管社區之前，高丁一直無法理解，為什麼老人需要先上公車，有座位優先權。一樣的，高丁也不能接受，為什麼要讓位給小孩。這種規定，對居住在新城社區的成年人沒有意義。成年男人和女人，看不見公車敬老排隊線。先上車就坐後，便不會再讓座給那些最後趕搭上車的老人。最後，還是先上車的孩童，讓出座位，換來老人一句，好乖。——你住在幾路？是哪一家的小孩？——老人們總會坐落座位後，問那些讓位的孩童。當小孩回答，也就結束了。之後不會發生什麼改變。禮讓的小孩是成熟的，可以更快長大。這可能是唯一的意義。但高丁認為一點都不需要。

對於小金波，唯一有意義的，是社區孩童透過這無聊的禮讓座位行為，提前扛起大人不願意執行的事。他很早就知道，要從提前退休的教授父親那，扛起家中水電器械物品的維修整理工作。父親沒特別解釋，只說累了，想退休。有鄰居說，小金波被父親教育得很好。小金波知道，父親沒有教，是自己長期看著試做學懂的。面對大型吹風馬達，他很快就調整出高個子孩童背它的角度，盡量讓排出的熱風不會燙傷小腿肚。新編組的落葉小隊，按照每週排班進度整理落葉。執行幾次之後，又因柴油儲備量的考量，在樹葉完全落盡之前，有新的吹風馬達打掃頻率——由小金波目測判斷樹頭周邊的腐葉厚度，再決定是否使用吹風馬達來掃集落葉。

在往返日常社區工作間，小金波巡視各路路段，如果發現路面落葉不躲避他，那中餐後，落葉小隊就會背起吹風馬達，像速克達的排氣管發飆，沿著主要幹道從一路到十路，逼迫落葉團結，再使用竹掃帚回收堆放在馬路的枯葉，集中到堆肥場發酵腐爛。遇上新冒頭的鋒面雨水過境社區，落葉小隊不單吹起落葉，還會吹起地水，炸成水霧花。如果一連日日夜夜都是大開光的豔陽天後，那吹起來的塵土，又會讓經過的巡邏小隊，全都摀住眼口鼻，以免逼出兩眼淚水，嗆鼻咳成假肺炎。為了讓落葉小隊也不會嗆得滿臉淚，滿肺粉塵，小金波將收集來的牛仔工作褲、在前胸前腿部位，加釘一層前擋飛泥的尼龍帆布；也用工地安全帽加裝護目鏡，擋住飛沙襲眼。不論天晴雨日，落葉小隊成員都要戴上乾淨布口罩。這讓每一位落葉小隊的孩童，更像長不大的臨時童工。

這些整合組隊的新舊工作，如高丁指示進行，玩樂的安排也是。這一週，正午後的悶熱，還是能把鬼主委融化。一連七天，吃完中飯，各路小隊都有一個小時左右的熱時間，以輪流方式，完全放下手邊的工作，一整個小隊全都泡在游泳池玩水。哪一路的小隊休息玩水，皮皮就奉命到那一路去進行守衛。與其說守衛，不如說皮皮是隱身在繁密的樹叢、公寓凸出的水泥窗櫺角落，進行察看，沒有孩童兵團管理、巡邏、駐守，社區會發生什麼變化。

在那三個小時，失去孩童跟隨的社區成年人，沒有特別變化。午後的日常工作時間一到，他們會自動離開住所，走到各路小隊集合場。頂多看看手錶，有點狐疑兜了圈，慢了幾分鐘，隨後他們就會排好隊伍，比平常稍微散亂一些，走到這一路的幾處長形花圃，開始執行摘除野草，和採集成熟小黃瓜與辣椒的工作。如果野生樹上長出楊桃，芭蕉樹頭垂掛飽滿的綠肉果扇子，他們也會依照豆子曾經給過的指示，用鐮刀一整串切下來。比較勇敢與個頭高大的成年男人，會走到可能入住鬼魂的木瓜樹下，用自製的長竹桿夾，採下分泌乳汁的大青木瓜。工作時間一到，他們又會拍去手腳的沾泥，晃動出一長縱隊，七零八落走回到各路的小集合場，把那些採集的青菜蔬果，全都放在集合場的收納箱，覆上頂蓋，完成這一天的日常工作。養雞場那路的成年人也差不多。他們會在集合之後，穿上雨鞋，長隊走到中央養雞廣場。他們會先把從雞腿菇培養出來的肉雞趕入雞房，再從倉庫裡拉出水管，長長的小水壓，幫肉雞洗澡。分工的另一半，會刮起中央雞場的糞便，和落葉小隊推來的腐爛落葉，充分攪拌成堆肥，等待各路的菜圃連絡員定時配額取用。收工前，養雞成年人會以水桶接來乾淨的自來水，沖洗養雞場的地面，讓雞場保持乾淨，降低雞糞臭味。

前三天裡觀察到的各路狀況，皮皮都盡可能詳細回報給高丁。但這些都不是高丁叫皮皮察看的重點。

「野狗有出現嗎？」

高丁坐在飛碟噴水池的圓環矮座，將巫女烤的硬麵包剝下，擰碎，撒落到水池，引來魚群爭食。魚群張嘴浮口，吹出或長或短、不連貫的混亂警笛哨音，引出了大門警衛亭裡的肉彈。高丁揮揮手，示意沒事。肉彈又回到了警衛亭進行高丁特別吩咐的排班表。

皮皮盤坐在噴水池中央的平台。這些從星空上降落的飛碟平台，不再像社區剛興建時，天天都噴出環狀的細水柱。飛碟的外殼，因為長期乾燥，出現多處裂痕，無法再返回宇宙外星球。皮皮從最高的飛碟平台上，沉沉點頭，表情猶豫說，「首領，我沒有真的看到野狗走到馬路上，也沒看到牠們穿過斜坡。不過我知道野狗還躲在樹幹後面，在短草叢後面壓低身體。曼陀羅搖花的樣子，和姑婆芋的葉子都不自然。不是風吹的，野狗就在那裡，只是我看不到牠們。」

「我也是這樣想的。」高丁說。

「首領，打算怎麼做？」

「野狗已經好一段時間沒出現。牠們一定會出現，一定會來找我報仇。」

「因為野狗王？」皮皮看一眼，趴在高丁腳邊沉睡的野狗王靈魂。

高丁已經實驗過好多次，偷偷在野狗王沉睡之後，悄悄離開牠遠一點。但每次只要超過一定的距離，野狗王的脖子就會突然被什麼扯動一下，引牠從睡夢裡醒來。好像牠脖子上有一個看不見的項圈，掛著一條看不見的細鐵鍊，一直接連到高丁的雙腳。好像他的腳踝上，也戴著一個透明無重量的皮圈腳鐐。

「我想，一次解決野狗……」高丁說。

「怎麼處理？」皮皮說。

肉彈走出警衛亭，將一份新的巡邏排班表交給高丁。

「首領，我按照你說的路線，排了新的巡邏路線。」肉彈說。

「有新的巡邏路線嗎？」皮皮說完，孤兒松鼠則從下方的另一塊飛碟平台，跳回到皮皮的肚窩，機伶緊張地看著水池底的魚影。

「不是新的巡邏路線，應該說是新的讓路路線。」肉彈說。

「讓路路線？」皮皮撐起身，十分驚訝。

高丁馬上揮手，打斷肉彈的回答。因為趴在一旁的野狗王正睜眼盯看高丁。牠高聳的耳朵，尖尖刺向天空，如果晴天有雷，就會引來兩道落雷。野狗王站起來，皮皮和肉彈都覺得，現在的牠，比活著的時候，長得更巨大了。胸膛兩塊接連前腿的肌肉，腫脹得像是兩大瓣直接貼上去的雞胸肉。後腿連屁股的臀肉，渾厚紮實，把牠的狗尾巴都拉翹高捲。呼吸時，野狗王的腹腔還看得見肋骨，但那會說明，牠可以奔跑得更快速，而不再累得喘氣。

「牠好像……又再長得更大隻。」皮皮先說出錯愕。

肉彈晃動肥肉脂肪，看著可能比他更重的野狗王，對高丁說，「首領，牠究竟吃掉多少以後的你，才能長這麼大？」

高丁沒回應，野狗王也沒有吠出聲，彼此對望著對方，似乎都清楚這個答案。

不停重複的傍晚陽光，把游泳池曬成一片泛紅泛橙的小湖面。接近初夜的徐風，將水池吹向山腳城市，滑落粼粼波紋。十路小隊是最後一組放風到游泳池戲水的兵團孩童。肉彈吹響警笛，孩童軍團把漂在水面的塑膠西瓜扔向游泳池旁的大鐵籃。那些印刷了彩色霹靂貓的泡棉浮水板，甩乾之後，全都整齊排在更衣室牆面，等待夜風晾乾。

入夜後，小金波打開游泳池的水閥開關，開始微量的放水。泳池的排水管連顫抖都沒有，排放充滿孩童汗水與皮膚角質層的污水，靜靜流入藍溪。開始放水後，水電機械小隊將整個社區收集來的保鮮膜，一長條一長條接黏起來，從矩形游泳池的短邊開始橫向覆蓋，花了好長一段時間，摸黑進行這項工作。最後將水位慢慢降低的游泳池，蓋出了一片透明塑膠的亮面。在路燈與微亮月光的照映下，游泳池的水無聲全都走入藍溪，只留剩空氣，和飄浮其上的塑膠水面。微風一抖手，這片假的水面就散發有點硬邦邦的小魚鱗閃光，有些是黃橙碎光，有些真的是從天空落入游泳池的星點。水電機械小隊按照小金波的指示，分批散亂、假裝漫不經心離開游泳池，留下慢慢飄遠的口哨聲。

這夜一過去，日常生活與工作，在另一個白天照常展開，沒有多大的改變。高丁啟動肉彈設定的新巡邏路線。二路通往四路的斜坡階梯路線，不再進行巡邏。從四路經過養雞場周邊的固定哨兵也悄悄撤離，讓兒童遊樂場邊上的下坡階梯直抵游泳池，沒有任何孩童衛兵，也沒有老犬人的狗守衛。這樣持續數天後，一個入夜時刻，伏藏在社區活動中心頂樓屋頂的皮皮，在四路養雞場的側門圍欄，發現了一隻四腳黑影。這隻四腳黑影穿過沒有孩童巡邏的捷徑階梯，沿著養雞場的圍欄暗處，繞道抵達通往游泳池的入口階梯。這就是高丁要肉彈特別規劃留出的讓路路線。牠在游泳池的入口處，停了下來，抬頭往空氣裡嗅聞。皮皮趕緊把自己藏成一截屋頂的變電盒。躲藏許久的野狗終於出現了。在枯水期失蹤了一位孩童之後，巡邏的互助編制與手持鐵水管的威嚇，沒有孩童再被野狗攻擊與叼走。雨天過後，社區裡除了老犬人養的狗，鮮少再出現落單的野狗。皮皮想像過，孩童兵團集體入山，前往他預測的野狗窩執行圍剿行動，將會如何慘烈。遇上抵抗的野狗，就全都殺死，然後將毛皮曬乾，攤成坐墊，肉骨冷藏，做為社區的儲備食用肉。當然，一定也會有孩童被有狩獵能力的成年野狗咬斷脖子，切斷氣管。或是直接被大狗咬破頭骨，撲倒在鋪滿水珠的柔軟蕨類地毯。自從偷接自來水行動成功之後到今天這個晚上，皮皮已經無法推想，孩童與野狗之間的戰爭會走到哪。野狗確實比想像的聰明，並沒有更多野狗被通電的鐵線電成焦黑，也沒有餓得發狂的野狗，直闖養雞場，追趕那些食用肉雞，誤踩放置在周邊的幾個獸夾，咬斷腿骨，或者被小金波設置的捕獸陷阱，倒掛在竹桿頭。此時此刻，皮皮判斷，這隻野狗是斥候，可能會帶來新的戰鬥。

野狗沒有停留太久，沿著入口階梯進入游泳池。匍匐到池畔，牠立即被那片閃爍的塑膠水面深深吸引。牠探頭用鼻尖去嗅聞，只有乾淨新鮮的塑料氣味。一陣風吹來，假的水池表面興起幾波塑造水浪，嚇得這隻野狗退後兩步。但這一波浪，讓牠興奮的嗚咽低嗥。在牠眼中，在那清新的保鮮膜底部，充滿了透明乾淨的自來水。牠一前一後踩腳，最後危顫顫擠身在排水溝的鐵架上，嗚嗚叫幾聲，突然一躍，跳入游泳池。這瞬間，野狗的毛髮先是往下，然後往上，接著扯破保鮮膜，輕質撕裂，重重摔落乾燥的游泳池底。

皮皮在活動中心的屋頂看著這一幕，聽見硬物折斷的清脆。野狗的前腿折斷了，彎成了一支く形的迴力飛鏢。一開始，牠只是瘸著一腳，用另外的三隻腳一跛一跛跳著走，還不到直視星星閃眼的時間，那隻野狗開始哀戚嗥叫。下一聲比上一聲更加疼痛，更加劇烈，惹得皮皮背後一整片雞皮疙瘩。盤踞社區的夜風，沒有因為野狗的哀號而改變方向。第二道夜風送來二路那頭的狗吠。是老犬人養的家狗。但那幾聲狗吠並沒有從二路中段奔馳靠近。牠們現在都被鍊子綁在屋前停車場的狗屋鐵把上。皮皮把警笛含在嘴唇，持續趴伏在活動中心屋頂。第三道夜風，送來其他的野狗身影。牠們分別從藍溪方向的階梯、籃球場邊的斜坡、養雞場後邊的草叢，探出頭身。在兵團指揮室建築物的下方基地土洞，也鑽出兩隻狗影，一路奔跑，穿過入口處的下坡階梯，直抵游泳池畔。一口氣看見近十來隻野狗湧出，皮皮抓著警笛的手，不自主顫抖起來。

群聚在游泳池畔的野狗群，先是被還沒有扯斷的保鮮膜困惑得前後跺腳。牠們看來完全不知道那些掉落到池底，以及還懸掛在兩側的保鮮膜，究竟是怎麼一回事。有幾隻用鼻尖嗅出了新鮮的塑膠味，便往後退了幾步。有幾隻被漂浮在游泳池半空中的保鮮膜引來憤怒，不停對它狂吠。但依舊有幾隻被引動出無比的興奮，就像先前的野狗，從池邊突然跳起身，要去咬那隨著微風擺動的保鮮膜。還有一隻狗，似乎是把自己的狗尾巴看成了那飄轉的保鮮膜，拚命想要咬住自己的狗尾巴，在原地打轉的同時，不小心摔落游泳池。這咬尾巴的動作，像似傳染病，一下染上了其他兩三隻野狗。牠們都在追咬自己尾巴的時候，掉入只剩空氣的泳池。

有八隻狗掉進游泳池了。皮皮計算同時，另外一大批的野狗，從接連十路的險降坡方向奔跑過來。狗爪子刨過柏油路面，剷起大量石礫滾動和撞擊，一如早年的廢土車，偷偷在深夜駛入社區斜坡傾倒砂石，引動天空上的深灰雲塊快速變形。帶領這後來一批野狗的，是那隻母狗首領。牠被保護在野狗縱隊的前端中央，跑到游泳池的入口處，牠突然停止，嗅聞空氣，四處轉頭探看四周高處。皮皮整個藏入屋頂，不敢窺探。直到游泳池底連續傳來不同野狗的哀吠，母狗首領才帶頭衝入游泳池。幾乎野狗群全都擠入游泳池畔，皮皮才探頭出來確認，並在第一時間吹響了口中警笛。沒有規則，一連好幾個混亂長短聲，不停止吹響。肉彈第一聲衝出，帶領他的社區巡邏小隊，連同小金波、二丁，一起衝出社區活動中心，趕集跑到游泳池入口處。一行孩童把高出成年男人好幾個頭的活動閘門，一口氣推關。野狗群一時間沒有反應過來，全都往游泳池裡擠跳，先後退好多步。有幾隻狗被撞得失足掉落池底。等母狗首領大聲對著入口處狂吠時，肉彈領頭的這一小隊已經將綠鐵網的活動閘門，以鐵絲緊緊捆綁。

幾隻強壯的野狗，奔跑衝刺撞上活動閘門，露出沾濕口水的犬齒，想要啃咬網外的孩童。就連沒有痛覺的肉彈，都被牠們凶殘的嘴角嚇退了幾步。不遠了，高丁從兵團指揮室的方向，小跑步抵達游泳池入口外，他停下來喘了幾口氣，接著對屋頂上的皮皮叫喊，「那隻母狗首領有在裡頭嗎？」

「有，牠也關在裡頭了。」皮皮回喊。

「還有看到其他野狗嗎？」高丁再問。

皮皮向四方夜的深處探看，在活動中心屋頂環視一圈。在野狗狂吠聲中，皮皮用盡力氣回喊，「首領，沒有看到其他狗。一隻都沒有。」

閘門內的野狗，繼續啃咬綠網。這些綠網線都包了鐵，崩裂幾隻野狗的犬齒，發出鬼指甲抓牆聲。緩氣之後，高丁卸下背著的空氣槍，獨自往前走到活動閘門口，一雙雙眼睛狠狠瞪著他，犬齒尖端，不斷撲向他。牠們咬合的力氣，把自己整條身體掛上鐵網。高丁舉起空氣槍，把槍口抵著鐵網的空洞，等待一隻野狗張開嘴要咬的同時，扣下扳機。

晴朗的夜空響起一聲直線的、悶悶的擊發槍響。一顆看不見、也從來沒有裝填在彈匣的空氣槍ＢＢ彈，射入那隻野狗的嘴，打斷了一根犬齒，陷入牠的喉嚨深處，打破野狗頭顱。

就在空氣彈穿過野狗後腦勺的瞬間，所有孩童都看見那被透明速度掀開的一塊狗頭皮毛，帶著白色腦漿和少量血絲，全都飛撒在半空。那隻野狗沒有嚎叫，癱瘓在鐵網上。先是由兩根犬齒掛著身體，過兩秒，牙齒一根崩斷、兩根滑開，這隻野狗才落地倒平。圍繞牠的其他野狗，沒有一隻停下無效的攻擊，直到待在後方游泳池畔的母狗首領，對空犬吠，入口處的野狗才停止撲咬，蹲身下來，一隻隻看護對方，彼此戒衛，退回到游泳池畔。

高丁領著聚集的兵團孩童，繞道社區活動中心，走到可以小角度俯瞰游泳池的看台。這塊水泥看台還閒置著荒廢許久的生鏽鐵桌椅，頂著失去傘布的戶外大陽傘。高丁站在看台最前端，肉彈、小金波、二丁和隨後趕來的豆子，開始管制圍觀的孩童兵團，不再擠上看台。

階梯路燈持續照映。游泳池成了深夜的大狗籠，將野狗群都圈圍其中。牠們怒視著水泥看台上的孩童兵團。豆子指出一些野狗，牠們的四足短毛都濕漉漉的，彷彿剛走過藍溪。那些腳上還沾黏大量的濕濘泥巴，讓豆子生出憂慮。

「首領，有些野狗可能是從梯田那邊來的。不知道水田秧苗會不會怎麼樣……」豆子說。

高丁沒有回應，專注觀察其中幾隻體型瘦長的野狗。牠們繞著游泳池圍欄走，不時低頭嗅嗅鐵欄網與地面之間的縫隙，但沒有一處是可以讓一隻雛狗鑽出去的。在各路小隊輪班戲水最後兩天，小金波的水電機械小隊，悄悄將所有可能容身狗頭的破舊洞口，全都用粗鐵絲纏繞封閉。幾隻野狗突然朝向一盞路燈狂吠。一個短矮微胖的人影出現在路燈下。是巫女。她看著滿籠子的野狗，在黑夜底下搖頭，發出連續的嘖嘖聲。

「小孩，你們抓到野狗了。把牠們全都關在這裡，是想要做什麼呢？」巫女問。

孩童這時都停止竊竊私語，等待高丁發話。高丁把空氣槍托放在地上，靠著側腿，面對游泳池中央說，「解決我們跟野狗的問題。」

「你打算把這些野狗全部殺死嗎？」

高丁沒有回答。

「殺一條野狗不難，殺這一窩野狗也不難。只是你怎麼知道，牠們的狗窩裡，沒有其他更小的狗仔？」巫女說。

「這個我們會去找。」肉彈衝出話來。

「又是你這個小胖子，不吃你，我還餓著呢。」巫女哆嗦。

屋頂上的皮皮這時喊聲，「老犬人跟他的狗來了。」

話才說完，老犬人養的狗竄到游泳池的另外一角，和巫女遙遙對望。家狗群集，一字排開，全都伏身在柵欄外。那往前伏身的姿勢，彷彿隨時都準備躍過兩公尺高的柵欄，跳入游泳池和野狗群廝殺。家狗群等待著，直到老犬人出現在身後。

「你們真的要在牠的面前，把野狗全都殺死嗎？」老犬人出聲說話了。

他指的牠，就是直接穿過孩童，走下看台，靠近柵欄的野狗王。牠的狗靈魂最遠只能走到距離柵欄一公尺的位置。只要高丁不往前走，野狗王的靈魂就無法再往前，穿過綠鐵網，進入到游泳池內。母狗首領看見野狗王，慢慢走上前。高丁靜靜舉起空氣槍，透過準星瞄準母狗首領。高丁沒有回答誰任何一個字，扣壓了扳機。夜空又追加了一長聲空氣槍獨有的擊發。這顆空氣ＢＢ彈，直接擊中母狗首領的後腿。母狗首領呼出一聲低嚎，跳腳離開。在空曠沒有遮蔽的游泳池，母狗首領的側邊胸腔又迅速挨中另外兩槍。空氣子彈，直接射入牠的肺臟。傷口很小，沒有引出太多血液，但母狗首領很快就躺臥在池畔磁磚地，連連喘氣搶氣。其他野狗跑到牠身邊護衛，把母狗首領圈圍起來。野狗王轉頭，一縷輕飄飄的狗靈魂奔跑上看台，飛身撲向高丁，張大口咬他的脖子。高丁被迎面而來的犬齒逼迫閉上眼睛。那像是落石速度的撲咬，快速穿梭過他的上半身，但沒有切斷任何一條頸動脈，也沒有咬碎一截脊椎骨。高丁慢慢睜開眼，剛才的一切，只是一陣發著螢光的晚風拂面。

巫女搖頭，一陣嘆息。她多了幾聲嘖嘖，引來那隻她養了一段時間的野狗靈魂。巫女對腳邊不停搖著尾巴的牠說，「還好，你已經死了……還好，有我先養你。」

老犬人也再開口，「小孩首領，野狗，是殺不完的。」

「可能殺不完……只是我們小孩必須解決這個問題。」

高丁說完，站立在所有兵團孩童前面，將空氣槍抵住肩頭，再度瞄準母狗首領。一旁的野狗王靈魂怎麼翻嘴露牙，都無法咬下空氣槍的槍身。母狗首領躺著喘息，還沒有死去。牠對周邊圍著的野狗，幾聲狂吠，然後盯著高丁，猛烈咬斷了舌頭。高丁停止瞄準，那些圍繞母狗首領的野狗，在一旁低嗥。犬聲瞬間盈滿整座游泳池，直到母狗首領四肢一陣痙攣抽搐，完全斷氣。不論是在游泳池畔、還是落困游泳池的野狗，全都對著夜空嚎叫，呼出長長哀號。野狗群的長嘯停止，那些圍著母狗首領的護衛狗，從被空氣槍射中的傷口附近，撕開母狗首領的胸腔，把牠的心肝腸胃等等鮮紅的內臟，拖出皮囊，丟落到游泳池底。第一個走上前去，啃食母狗內臟的，是那隻摔斷前腿的野狗斥候。接著所有野狗都有秩序地分食一小口母狗首領的內臟，有些則是舔喝從心臟擠壓出來的血水。那些在池畔的，則分食母狗首領的筋肉。從前腿、胸腔到後腿，在肉質鮮活的時候，盡可能分食啃骨乾淨，最後幾乎只殘留那一片連著體毛的外皮，散軟在磁磚地。所有的野狗都呼著重重鼻息，靜默盯著那塊皮毛。這也讓所有兵團孩童忍住呼吸，不敢多咳嗽一下。那塊皮毛漸漸發出跟野狗王一樣的霧氣螢光，漸漸爬起身，就以這副被撕咬破裂的皮毛身軀，挺挺站直起來。

一雙青綠色的霧光眼珠子盯著高丁，牠慢慢走踏，像是在適應新的身軀，試著習慣四隻腳走跳的方式。然後，牠環視游泳池，引動一滿缸滿籠的犬吠。

「是鬼狗。是鬼狗。」巫女被驚嚇了。「小孩，你們引來一隻鬼狗啊。真正的鬼狗啊。」

當鬼狗看向柵欄網外，那些老犬人養的狗立即夾落尾巴，怯懦往後退好幾步。只有那隻虎斑，勉強站定在老犬人身後，怒視披著母狗首領皮囊的鬼狗。老犬人轉身，吆喝了虎斑，也要所有狗兒別怕。老犬人一揮手，虎斑帶頭領著家狗群跑開，離開了游泳池。

「小孩首領，從現在開始，你們真的要小心。」老犬人說，「鬼狗，才是真正會讓你們害怕的。」

二丁突然站前一步，發抖說話，「為什麼我們要害怕？」

「需要的，你們要知道害怕。就像我們這些已經長大的人。」

鬼狗啊的驚嘆，與嘖嘖嘖的彈舌，在巫女的嘴腔裡共鳴。那聲音忽近又被夜風帶遠，最遠一直滾落到藍溪，被水蜘蛛載運過藍溪，鑽進還有餘溫的麵包烤窯。潺潺水面的落葉，不再快速撞上浮水的圓石。幾天日子，跟著藍溪水流緩速下來。原本深色的水坑，又慢慢看得見底泥了。在那夜圍剿野狗行動之後，兵團孩童之間，淌流著這樣的傳聞：乾淨的水，又開始愈來愈少了。在所有的野狗渴死或餓死之前，游泳池是無法再儲備自來水的。

關於這點，只要噴水池廣場的共用水塔，漏出一滴滴的水，入夜之後，豆子便會提醒高丁。

「下半段各路的住戶，現在都要走到大門這邊來提水，很麻煩，一定有大人抱怨的。」躺在床這邊的豆子說。

「不管他們，照兵團的規定處理。」高丁躺在床的另一邊。時鐘的秒針走出聲音了，一旁豆子完全沒有回話，高丁才又輕聲語氣，「不用擔心。天變冷了，下一個雨季就會來，水就會多了。」

他和她看著天花板。頂頭的牆角，被山腰的濕冷逼出黑霉壁癌。高丁想到，平均每兩到三年，社區的住戶都會把住宅內外，重新油漆，覆蓋牆壁上的灰霉、白菌和從牆裡滲漏出來的液態鐵鏽。

豆子坐起身，棉被自然滑落。露出白皙裸裎的上半身。那截長長的黑髮，沒能蓋住微小隆起的稚齡乳房。她伸手從棉被裡摸到底褲，先穿套上了，再拉出背心穿上，然後對還躺在一旁的高丁說：「你剛剛有射精嗎？」

「你這樣問，很怪。」

「書上是這樣寫的，錄影帶也是這樣說的。」

「我知道，只是你直接說，還是很奇怪。」

「沒什麼奇怪的。我們的實驗沒有成功，就沒辦法告訴其他小孩怎麼懷孕。」

「我知道。」

「所以有嗎？」

「有。我有射精了。最近幾次都有，跟每個禮拜下雨，一樣。」

如高丁比喻，這個季節平均每週都會來一場雨，充沛落下一整天，但隔天就停，出現不再炙熱咬人皮膚的陽光。這樣的雨量，可以持續維持二路蓄水池的水位線。這讓高丁比較安心。雨水落在梯田，但插入水田的秧苗，八成都被野狗踩爛破壞，兵團只能放任稻子自行生長。那夜圍剿野狗行動時，豆子隱約推測到這樣的結果。重要的澱粉米食無法落實最後一期可能的稻作耕種，讓整個占領社區的接管行動，出現危險的糧食危機。高丁清楚這一點，也重新盤點過乾燥的馬鈴薯儲藏量。但這幾天大部分的時間，他都在觀察困在游泳池裡的野狗群。

跟隨週期運行的雨水，無法在游泳池裡積存，但讓野狗們不至於渴死。為了避免集體餓死，成年的老野狗會含著尖尖的長舌，跳得高高的，頭嘴往前，摔落游泳池底。像似接棒，一次摔死，或摔成重傷再放棄求生意志，流血過多衰竭致死。一如母狗首領，這些老野狗把內臟、血液與筋肉，提供給比較年輕的野狗分食，就連狗的頭骨腦髓都讓牠們咬碎吸食，讓活著的，可以撐得更久。那些被食用之後剩下的破皮毛，也會在年輕野狗的注視下，發出迷霧螢光，像一張長出肉身的狗毯子，鑽過綠網柵欄底部的縫隙，再奔竄回到社區周遭的樹林野叢。

每隔幾天，就有幾隻野狗以這樣的方式死去，再以這樣的方式，活成鬼狗。高丁站在日曬過境的看台，每天計量，野狗可能全部死去的日子。他也想到，最後一隻野狗，最終只能活活餓死。就算牠咬舌結束生命，沒有另一隻野狗吃掉牠的內臟血肉，牠一樣會孤伶伶死在游泳池底，永遠也無法跟同伴一起，活成鬼狗。想到這點，高丁為那最後一隻、最幼弱的年輕野狗感到悲哀。但身旁的野狗王，看到一隻隻鬼狗鑽出游泳池，確實興奮到前後跺腳。

「牠們是鬼狗，跟你不一樣……你只能跟著我。」高丁對野狗王靈魂說，「我如果真的不會長大，還是會老，最後還是會死，就像老人一樣。在我老了之前，可能都只有你跟我了。」

野狗群被關在游泳池的頭幾天，有少數幾位參與過動物保護協會的社區老人，透過自己的孫子，轉述意見給兵團說，孩童不應該將快餓死的野狗，逼入狗吃狗的絕境。這些老人離開住所，組織動物老人隊，每天都聚集在噴水池廣場旁的公車候車亭，站在「老人優先」的等車排隊走道上抗議，要孩童兵團放了困在游泳池裡還活著的野狗。老犬人被推派為動物老人隊的隊長，挺身反對孩童兵團對野狗的圍困。老人隊前往游泳池入口處，試圖剪斷捆綁活動閘門的鐵線，但他們無法突破靈活推擠阻擋的兵團孩童，最後還是退回到公車站候車亭。

「看著野狗這樣吃自己的親人。小孩，你們不會同情牠們嗎？」老犬人說。

「牠們拖走我妹妹的時候，你們大人有誰同情她？」

肉彈的反駁讓排成一線橫隊的社區老人，全都低落頭。最後還是老犬人開口，「這樣做，只會讓社區增加更多鬼狗。我養的狗，全都不敢出門。現在經過馬路彎道，你們都不害怕嗎？」

老犬人說中了高丁和五人小組的隱憂。一隻隻野狗死後重新活成鬼狗之後，鬼狗們分別潛入社區馬路的各個彎道反視鏡。五人小組受命，經過彎道時，都倒著走路，發現鬼狗全都活在反視鏡裡。牠們待在凸出的亮面大眼珠裡。那一邊，是一區區局部的新城社區。有些鬼狗躲在草叢，有些躲在廢棄郵箱的底部，也有些大膽的，直接大剌剌趴在反視鏡的彎道路面，任由走過的陽光壓印牠們發霧的螢光身體。

鬼狗們在風吹不動的反視鏡裡靜靜等待，等待孩童們走過社區的彎道，牠們就會在反視鏡裡跟上孩童，撲倒反視鏡裡的孩童背影。那是無聲的，不管反視鏡裡的孩童背影怎麼反抗，反視鏡外邊的孩童不容易察覺，也不會停下腳步，繼續進行著巡邏、提水、分配食物的日常生活工作，或是夜裡返回各路的住所。反視鏡裡被鬼狗叼走一次的孩童，不會感痛。只是養雞場有彎道反視鏡，籃球場和兒童遊樂區，也都緊鄰著彎道。整個新城社區，就是依著環繞山緣產業道路打造出來的彎路社區。每天在社區裡移動，很難不出現在彎道反視鏡裡。經過彎道開始轉身倒著走的二丁，隱約察覺反視鏡裡的背影，曾經被鬼狗叼走。最後一隻困在游泳池底的野狗，決定在餓死前用力咬斷舌頭，成為野狗群唯一沒有活成鬼狗的犧牲者。之後幾天，二丁經過老犬人住所外的那個彎道，突然轉身察看反視鏡，正好看見裡頭的背影，被一隻鬼狗拖往對照後頭的杜鵑花花圃。他趕緊追前靠近，拍打反視鏡，對著微微變形凸身的鬼狗吆喝。那隻鬼狗才放開長嘴拖著的背影。二丁站在反視鏡前頭，一對怒眼珠瞪著鬼狗，直到那裡頭的背影快步跑回反視鏡鏡面。在正身和背影的輪廓校準的瞬間，二丁拔腿往斜角度奔，一直跑過老犬人屋外的停車坪狗屋，才完全脫離反視鏡可以倒映的區域。

狗屋裡探出一隻隻睡眼惺忪的狗。老犬人也從午睡中醒來，開門出來察看。他對二丁說，「喘成這樣，怎麼了？」

二丁平緩下來，標指彎道的反視鏡。老犬人立即回應，「鬼狗都躲在裡頭，等著你們經過彎道。被牠們拖走愈多次，你們就會愈害怕……小孩，你們應該要懂得害怕才對。」

二丁將這件事回報給高丁。豆子建議立刻用油漆塗鴉社區彎道反視鏡。不到一天，彎道反視鏡變成一顆顆乳白色、黑色、深藍色、棕色的死魚眼珠，無法再倒映孩童的背影。一顆顆顏料不同的死魚眼珠，無法再折射陽光。這讓社區即便有太陽，也開始降溫發涼。在這短暫但舒爽的期間，鬼主委頻繁在社區遊走移動。他飄浮行走的姿態怪異，有時是河蟹路線，更多時候是受驚撞了飛的蝴蝶。只有鬼主委發現了，不少鬼狗早就從反射鏡裡接連的局部社區，移動到噴水池的水鏡後方，也侵入久置的汽車後視鏡與速克達的後照鏡。鬼狗潛藏在這些倒映出窄小但接連的局部社區，無聲叼走不小心出現其中的孩童背影。鬼主委害怕僅存的靈魂，一次就被鬼狗全部拖走分食。這種恐懼讓他深刻體會，他停止成長，也停止老化，沒有更多活著的身體，可以像孩童對抗鬼狗。然而，也沒有任何一位孩童能清楚計算自己的背影，被鬼狗叼走多少。不管是莫名闖入社區的新野狗，還是脖子上綁著項圈的老犬人家狗，只要一出現，都讓孩童無比驚嚇。兵團的孩童隱約察覺到，自己不敢獨自上廁所。一個人洗澡時，開始出聲詢問客廳、臥房裡的家中父母，你們在幹嘛？你們在嗎？可以……跟我說話嗎？

在鬼狗叼走孩童背影的時候，社區的成年人，也開始被頻繁過境的低溫，冷得不願意多說話。失去梯田的種稻工作，社區老人也因為無事可做，多半回到安靜窩在椅背，少話了。時間一到，就到社區巴士站排隊，巴巴望著不再啟動的社區小巴士，偶爾還會上前摳弄從擋風玻璃縫隙漫生出來的苔蘚。有些老人窩在長青室，看著遠山與山腳城市，找尋不會變形的雲。一次午飯後，一位老人請肉彈讓出大門警衛亭的椅子。理由是老人該要被禮遇。這樣的要求，引發兵團孩童的集體抱怨。加上老犬人領頭的動物老人隊，為野狗請命的抗拒行動，高丁與五人小組決定，將那些「視自己為老人」的老人，全都編組集中在占領前被勒令停業而廢置多時的社區托兒所。白天時段，老人被要求運動跑步，鍛鍊體能。每天重新閱讀放在托兒所書架的童話故事書，大聲朗誦給彼此聽。這些老人的兒女媳婦女婿，平日照顧老人生厭了，都默許孩童兵團執行這樣的生活管理。第一階段，這些集中管理的老人們，必須獨自完成從一路頭走下坡到十路尾，再從十路尾走上坡路返回一路頭；第二階段是，他們得主動拒絕成年人的協助，不再覺得自己是一名老人，才能通過審核，孩童兵團才會准許他們在白天的非工作時段，自由行動於社區。

季風掃過大王椰子樹，葉莖一夜乾涸捲成桶，落在樹根底部，堆積出老相。愈來愈多的老人通過審核，離開托兒所。翻過社區一路山頭滾落的冷風，刺激膚下組織。這段時間有雨，多半短暫，雨滴小得無能炸開路面的灰塵，無法停留積水灘。偷接自來水行動迄今，沒有被山腳下的水利公務員發現，但五人小組開始擔憂另一波限水規定。兵團決定再次限水當天，郵差送來縣政府的一份公函，飛越社區大門警衛亭，挑起一路巨大落石無法移除的問題。早在孩童兵團接管社區前，一路的上坡盡頭，在一次持續數十秒的五級地震後，掉落三顆發財車大小的巨石，占據了二分之一的道路面積。一路頭的住戶不多，也不是完全不能通行，那幾顆巨石，也緊緊卡住彼此鑲嵌。直到現在，厚厚的青苔分泌觸根，膠黏所有的石縫。一處較大的石縫裡，還長出新生的木瓜樹，打出一大串老奶奶乳房大小的青木瓜，引來不知哪一個年代的死者鬼魂們。無法辨識的鬼魂群，看似一個家族，集體遷徙到這棵木瓜樹下。他們沒有驚嚇任何社區居民，也就沒有成年人介意，管委會也沒有打算驅趕。

鬼主委擔任社區管委會主委初期，曾經寫陳情信到縣政府。這份處理公函遲至這一天，才回覆給新城社區。公函的內容約莫指出，落石掉落的一路，不是國有道路，屬於原社區建商的私有道路，不歸縣政府管理，無法由公家的道路養護單位進行移除。遲到的公函，讓高丁與指揮系統的五人小組，發生劇烈的爭執。小金波認為，這樣的落石超出孩童可以處理的範疇。二丁同意這樣的看法。肉彈認為，落石侵占了社區，就要被解決。一時間沒有立即的危險，但無法預測下次發生地震，會不會引出更多落石，掉落一路頭，滾過斜坡，再落到下頭的二路與更多人居住的三路。

「放著不管，我們跟那些大人有什麼不一樣？」肉彈態度強勢。

遲遲沒有表明立場的豆子，說了辦法，「我們可以用鐵鎚跟螺絲起子，小塊小塊敲碎。會花比較久的時間，說不定可以做到。」

「這樣移開，以後更危險。現在落石剛好卡住，變成擋土牆，我們把它移開，又沒有辦法做擋土牆。一下雨，那個缺口會發生土石流。」小金波提出駁斥。

高丁看一眼窗外遲遲沒有表達立場的皮皮，沉默了許久才說出指示。他認為孩童無法移除落石，短時間內，也無法掌握製造擋土牆的工程技術。短時間內，兵團不移除全部的落石，但需要試著分解部分的落石。

「這麼做，不是要處理落石。是對縣政府的成年人，表達我們兵團的立場。」

隔天，一路高處的天空，再度從屋頂飄飛出無數的沙拉脫泡沫。

陽光微弱得幾乎無法為泡沫上色。灰白偶爾從轉動中騙來少許繁色的泡沫，覆蓋了上半腰的新城社區。高丁率領孩童兵團一、二、三路小隊，以鐵鎚、十字與一字的螺絲起子，一塊一塊將最外頭的巨石分解。執行碎石的敲打引來一路社區居民的憂慮。擔心巨石如此敲打，不管有沒有移除，都會破壞坡地平衡，引起新的坍方或雨後的土石流。高丁以玩具空氣槍嚇退前來探究的成年居民，把他們全都趕回住所，固執要執行局部的碎石行動。

進行碎石行動同時，五人小組帶領九、十小隊，前往藍溪去採集鵝卵石。他們特別挑選出接近圓形的鵝卵石。有些是棒球大小，有些重如小孩頭顱，需要兩位孩童的四隻手才能托住。他們負責撿起圓形鵝卵石，再由四路到八路，這五組小隊的所有隊員，則排成一字人龍，負責一顆一顆接手傳遞過去，從藍溪一直接手到四路公寓屁股旁的峭壁。那個峭壁邊緣，有一條老舊荒廢的攀登小徑，沿著七十五度的險斜坡，蜿蜒到社區外的山壁腳，抵達連外的雙線道路。小徑是早期興建四路坡邊公寓，為了強化水土保持留下來的。在一次颱風之後坍塌，裂了一段，無法再通行。這片峭壁沒有根性堅強的雜樹，只要勇敢探出頭，就會看見馬路中央禁止超車的分向雙黃線。五人小組把鵝卵石大量推放在峭壁邊時，太陽已經走落近山後頭。高丁也在這時候，帶領前幾路的孩童，將敲下的落石小碎塊搬運到峭壁邊，會合成數量更大的石頭兵團。

「首領，落石處理掉多少？」肉彈問。

「不到半顆。暫時這樣，不會影響坍方的平衡。」高丁說。

「現在呢？」豆子問。

「現在晚餐時間，是車最少的時候。」二丁回應。

高丁探看前後都沒有拉長光的車燈，一聲指示，丟。兵團孩童開始將手上腳邊可以丟、可以踢的鵝卵石和敲碎的小石子，全都傾倒峭壁。落石一開始撞得近，聲音和冷風一樣刺；愈往下滾落，聲音漸漸比遠方落雷更巨大更低沉。有些滾落的卵石碎岩，透過震動，從山腳下，往上飛，掉落到社區的峭壁山頭，砸中孩童的腳底板。落石時間不超過兩分鐘，所有鵝卵石和尖角小岩土，全都散落在馬路雙黃線的兩側，有些彈跳到更遠一點的公車靠站亭。更遠的，就都掉到另一個沒有社區的山坳。這兩分鐘，一輛車也沒有。下一分鐘，一輛從山區往外行駛的轎車，被落石擋成零速。進入山區方向，也陸續頭尾接來五輛轎車的車頭長燈，全都緊張煞車停在落石區的另一端。兵團孩童全都蹲在峭壁外緣，看著慢慢接連起來的塞車，以及那些身體看起來比孩童們要小很多的成年人，鑽出車外，時不時往上探視峭壁。沒有風、沒有雨，哪裡來那麼多濕漉漉的鵝卵石，和乾燥的碎石塊？高丁可以聽見那些個頭縮小的成年人，在塞車停滯的馬路邊，肢體狐疑看望另一位小大人。

「不會被發現嗎？首領，這樣會不會引來縣政府的人？」小金波擔憂。

「首領，要是他們真來查，怎麼辦？」二丁也是。

高丁揮手要所有孩童把頭埋得更低，以免被車道上張望的玩偶大人看見。他神情堅定，看起來一點都不在意這場製造出來的假坍方、土石流。

「這是我們占領社區行動之後，第一次主動跟外面接觸。」豆子喃喃說。

「必須讓他們知道，如果有坍方落石不處理會怎麼樣……」高丁說。

有些成年人開始搬開鵝卵石，但更多小大人是走到馬路邊，一個勁地抽菸。白色煙霧聚合成少量的山嵐，呢軟織入還有斜光的初夜，更多是被聚集的車燈稀釋。一陣可以颳動頭髮的風，翻過兵團孩童的背，滾落到峭壁下方。在路上的成年人一個接一個，摩擦手臂，雙手交叉抱胸，增加保暖度，很快就全部停止搬移落石，加入路邊的抽菸行列，或者回到車裡枯坐。

直到第一輛車掉頭駛回之後，高丁才開口，「冷天要開始了，我們要留意社區的大人……」

冷冽的前線，讓新城社區整體溫度降落新低點。這座小山頭，一夜之間，被冷藏過的透明果凍凝固了。渾渾噩噩的社區成年人，凍醒了思路，出現零星的不合作抵抗。成年人不到養雞場清掃糞便。有許多成熟的番茄沒有摘下，掛在菜圃的小竹架上，任憑路過的麻雀雜鳥，啄食與發爛。曾經反抗的動物老人隊，沒事就聚眾湧進兵團指揮室，什麼也不做，也不跟孩童爭吵抗議，只是挪動駝背身體盤據開會桌。兵團必須花時間組織隊員，四人一組，將老人連人帶椅搬移到沒有風襲的騎樓。這些成年人不再遵循孩童兵團的指揮，為了解決這些零星困擾，繼續完成自來水管線上山的行動，高丁與五人小組光腳丫子，越過藍溪，來到巫女的麵包窯坊，以庫存的珍貴馬鈴薯進行交易，請巫女烤出讓成年人吃了會繼續懶散與服從的硬麵包。

「這樣的交易，我很樂意。只是你們現在做的，跟那些大人對我做的，有什麼不一樣？」巫女哈哈笑，接下這項交易。

落葵薯牆面的葉子，愈來愈少，只留下乾枯的莖與梗瘤。週末的感覺，以跟這面葉牆一樣，空出了許多縫隙空洞。各路小隊長憑感覺，分批到藍溪的麵包窯領取巫女的硬麵包，再分派給社區的住戶。每一家一顆，監督每個成年人都要吃上幾口。只有一個人沒吃，就是還活著的鬼主委。他的靈魂一直躲避。社區浸了冷之後的不合作抵抗，鬼主委一直在宣導，要成年人重新站起來，不要懶散在房子裡，一定要奪回管理權。孩童兵團展開圍捕鬼主委行動，但愈來愈懂隱身的靈魂，總讓孩童們抓不住。白天，鬼主委甚至躲到那些不再發動的汽車後視鏡，面對鬼狗的跟蹤。入夜後，他潛入各路公寓住宅的樓梯間，貼著牆上下遊走。一遇上成年人就立即勸說，傳遞要發動反占領行動。如遇上那些漸漸懂得害怕恐懼的孩童，鬼主委嚇哭他們。一哭，依處罰規定，會被迫離開兵團，回到家中與父母一起吃下巫女烤的硬麵包。

為了消滅鬼主委，高丁再次與巫女交易。她提出，要兵團從游泳池接連自來水管，越過藍溪，把乾淨的自來水供應到麵包窯旁邊的住所。高丁以和野狗王共生共食的靈魂起誓，一定會完成承諾。隔天，巫女偷偷捕捉到遷棲社區多年的一對藍鵲，擰斷牠們的短脖子，取走藍鵲的長尾羽毛，烘烤成灰燼，磨成粉後，再揉入發酵麵團，烤出活的麵包梟號。剛好，一雌一雄。這件事引起荒野保護協會成年人的反彈，但已經來不及。殺死藍鵲，鬧嚷幾天之後，依舊會恢復到常日狀態。烘焙出來的麵包梟號，交織一身活火湛藍，微風吹送來氧氣，便會復燃牠們捏出來的翅膀炙熱燃燒。整個白天，雌雄麵包梟號都在社區上空盤旋，尋找鬼主委的亡魂。牠們只要飛入鬼主委靈體，附身七天，就可以與鬼魂靈體結合，第二次死去，走抵真正的死後安息地。只是在梟號飛出火爐麵包窯口的第三天，社區落下一場綠豆大小的雨水，把著急的一對麵包梟號淋濕。雨線還不到搖晃乾樹枝的強度，這對梟號就被雨水染色成深棕。愈是振翅，飛翔愈低；愈是盤旋，吃水量就愈重。最後，牠們只能落腳在皮皮經常觀測的電線桿頂端，相依偎在一起，被彼此附身的雨水，二度滲透，潰散麵粉燒烤的羽毛，分解那些持續散發麥香的流線身軀。

「藍鵲梟號的靈魂，是被雨水淹死的。」巫女說。

鬼主委逃躲過梟號之後，也不敢再積極呼籲成年人反抗孩童兵團，只能半透明遊走，讓日與夜穩定交替。社區的景觀樹，不管是不是塑膠製的，全都禿光只剩枝椏。小金波受命，抽選出更多的孩童，組織兵團工務隊，用倉庫的鐵扒子、鐵鋸和長柄鐮刀，將孩童們改裝成的集葉人、鋸樹人、打草人，編列新的工作班次，集掃落葉，修剪枯樹，讓新城社區的景觀，看起來更容易寒冷。這份直落的乾冷成了血液的幫凶。先前，大量死去的野狗血液，根本刷洗不乾淨，游泳池一直無法再儲蓄偷接的自來水。但高丁指示八路小隊，每週一次，持續用稀釋的漂白水進行游泳池的消毒，希望可以在天氣再度回暖之後，因為高溫，與那些死咬著磁磚的血液和解，完全清潔後再引自來水儲存，甚至重新啟用廢用多年的社區游泳池。為了做到這些對兵團孩童的承諾，高丁指示小金波，一定要修復游泳池的人工海浪機，不一定要等到太陽恢復炙熱，只要刷去磁磚縫隙的最後一抹野狗血漬，高丁就會注入自來水，啟用人工海浪游泳池，讓不怕冷的孩童可以無風衝浪。

十分異常，風突然來了。一個沒有編號的冬季颱風，無預警登陸新城社區。如同占領行動之前過去的那些颱風，一片葉子都沒有的楓樹幹，硬生生被折斷。其中一棵還砸壞社區中央變電箱，造成臨時斷電。

漆黑的社區讓棲身在小區域的鬼狗全都變得大膽。牠們在後照鏡的馬路轉角、花圃邊的排水溝，和倒映在噴水池的叢林斜坡，發出陣陣的嚎叫，捕捉兵團各路小隊的孩童背影。這一夜，失去路燈，只有少量微光，大量的孩童背影被叼入鬼狗那一邊的社區。為了尋找孩童兵團的背影，高丁帶領小金波等水電機械小隊，搶修中央變電箱。長期以來，體質已經慢慢習慣通電的皮皮，為了讓變電箱導電，只好以身體接線。再次入夜，他就守在中央變電箱上，先讓電流走過雙臂，解決另一晚的夜間照明，直到小金波的水電機械小隊，搶救中央變電箱，把短路的電線全都接回。只是光亮與黑暗斷斷續續的交錯，讓鬼狗搶得更多看清孩童背影的先機。直到又一次天亮，高丁帶領所有兵團孩童，各路分兵，打破社區所有可以對映的鏡面。兵團從汽車後視鏡、後照鏡、浴室的盥洗鏡，放出被鬼狗叼走但沒有被啃食的背影。但他們無法打破水面，救出那些被困入噴水池那一面倒映社區的孩童。

如果把池水放乾，那麼藏入倒映社區裡的鬼狗確實會隨著水分子乾燥消失，而那些被叼走的孩童背影，也會一起蒸發死去。失去背影的孩童，會一輩子容易恐懼，即便他們長大了，也會變得膽怯懦弱。

「如果這麼做，那些被叼走背影的小孩，長大之後就會變成這個社區的成年人。」老犬人十分篤定結論。唯一的辦法，只能有人過去倒映社區，照顧那些被叼走的孩童背影。

「怎樣才能進入噴水池的那一邊？」高丁認真詢問。老犬人只是嘆息搖頭。

刺皮的風和低溫的雨都過去了。隔天遠空剛剛扶正光亮，七、八隻老犬人養的家狗，圍繞著噴水池，對著天空哀悽咆哮。值夜班的孩童警衛被吵醒，第一時間通知睡在兵團指揮室的肉彈。肉彈也第一時間喊醒樹屋裡的皮皮。他穿過電線與樹冠，叫醒還在二路家中上下鋪睡著的高丁與二丁。他們沒刷牙洗臉，套上保暖衣褲，就奔跑到噴水池廣場。

只有小孩及腰高度的水面，老犬人面朝下，ㄅ字身體水母半漂趴伏，背部朝天空。老犬人在噴水池水面留下了背影，老人的正面前身，渡過水的鏡面，抵達倒映在那一邊的新城社區。

「你終於來了，小孩首領。」老犬人的正面身體，在水面上。一隻水蜘蛛滑水，一彈腳尖，就把他吹得抖動發皺。他微笑說，「那些回不來的小孩背影，就我來照顧吧。不過我養的那些狗，就要交給你們小孩來照顧了。」

「為什麼要這樣做？」高丁問。

「只是一種交易，很划算。」

老犬人說完，忍不住呵呵出聲。笑聲穿過水紋，轉彎成悶悶的水氣，然後他就走到高丁視角無法看見的倒映社區。

倒映的社區並不如老犬人想像的，全域都在。端看倒映的視角有多廣，社區才會出現。他先試著走出警衛亭，越過車道柵欄，一通過排水溝不遠，路就沒有了。柏油的切面很滑順，像似在永恆之前，已有水刀打磨。在那條裁切線的後頭，什麼都沒有。沒有視覺可以辨識的物，伸出手，也無法穿過那透明的立體切面。老犬人沒有花太久時間探索，在倒映水池的新城社區，他很快就遭遇鬼狗的跟蹤與包圍。路燈照明突然全亮。入夜後，老犬人從無人的汽車裡，找到僅存的兩具孩童背影。他領著他們，倒著跑到只剩下半邊的兵團指揮室。老犬人左右牽引孩童背影，和虎妞死後再度活成的鬼狗，對峙相看。老犬人看著披著虎妞毛皮的鬼狗，眼淚止不住往下流。

「虎妞，」他喊牠的名字。「算了吧。」

鬼狗一瞬間傾身，露出螢光犬齒，趴伏準備攻擊的姿勢。

老犬人把兩具背影拉到自己少了一半的身背後，沉落臉色說，「那時候，是我的錯。你吃了我，放了這兩個小孩。噴水池的水面，打不破的。虎妞你活成鬼狗，一樣也回不去。那邊的社區，就交給那些孩子。你就在這邊，好好跟這兩個小孩背影一起，活下去，這樣好嗎？」

老犬人問話剛停，鬼狗就撲上身，一口咬住老犬人正面的脖子。沒有血從頸動脈噴灑出來，也沒有老者的哀嚎。兩具孩童背影，快速躲入兵團指揮室，從鐵窗裡竊看外頭。虎妞鬼狗緊咬，甩頭咬扯，老犬人的正面像紙雕人牌被撕裂開來。牠大口大口吞食，將碎紙片般的老犬人吃完，又瞄了一眼躲在指揮室裡的兩個孩童背影。孩童的正面，是一片凹陷下去的洞，被挖了一大湯匙後，憑空消失了。鬼狗瞪一眼那兩具背影，扭頭轉身，小步走回到倒映社區的飛碟噴水池旁。在連外的大門柵欄旁，一樣有一座警衛亭，但沒有任何一個兵團孩童的正面或者背面，守在那裡頭，盯梢著任何活著的鬼狗。鬼狗看著那無風的水面，知道老犬人說的事實，永遠也無法再回到另一邊的新城社區。牠仰頭咆哮，引出那些一樣活著的鬼狗群，全都對著飛碟噴水池，帶點憂傷地咆哮。

入冷一段時間，太陽看起來會開始縮小，這時會有幾陣持續的風，特別乾燥。新城社區每一回真正的無雨季，差不多是在這個現象開始的。無雨季不算長，只是一滴雨都不落下，會讓肉彈的喉嚨緊縮得分泌出油脂。一連好長也頻繁的交接班，一個孩童忘了，下一個守衛就忘了，接連以下的警衛亭站崗孩童，全都忘了要定時把水塔的自來水，引入飛碟噴水池。水池水沒有任何抵抗，被蒸發消失，乾燥成有薄泥有沙塵的水紋圖騰。最先發現噴水池沒水的孩童，就是喉頭乾渴的肉彈。一尾尾鱗片發亮但早死的錦鯉雜魚，擱淺在池底乾燥的沙紋。那些水痕死前留下的線條，讓散落的魚屍彷彿還游在無光的水波。他趕緊用橘色水管引水塔水注入噴水池。自來水弄糊了乾沙水紋，慢慢湧高，倒映社區開始一塊磚一塊磚，出現在噴水池水面，立體現形。肉彈看見倒映水面的自己，一尾尾的錦鯉雜魚，也浮在同樣的水鏡面，全都翻肚朝向天空。

肉彈關緊守衛亭的門，狠狠揍了當時值班的孩童。肉彈知道，不是他這一班站哨，飛碟噴水池就乾涸，但還是打得他眼淚奔流。肉彈要他撈起死魚屍體，下崗後，把魚屍丟到排水溝外頭最遠的斜坡，以免在池裡發臭，並囑咐不要多嘴。從那天起，不管無雨季多長，噴水池都沒有再乾涸見底，但噴水池也沒有再活出任何一尾雜魚。

當班的孩童守衛換班後，拎著裝在塑膠袋的魚屍，走回一路中段，在一排公寓的邊角，把一尾尾的死魚，朝山腳城市拋擲。每一尾死魚都在冷風裡，飛向山腳城市。它們雜耍特技，在空中翻轉出冰冷的反光，滑過風的胳肢窩，再潛入不遠處葉片稀疏的林頭。彷彿林野後頭，靠近山腳城市的地方，有更溫暖的水流。相較巨大的山腳城市，新城社區的山腰冷冽，特別鮮明，讓孩童走路時都開始縮成一團。各路小隊一早集結成員報到的時刻，他們背依著背，彼此摩擦對方的手臂，玩鬧推擠，好增高一度體溫。兵團孩童加穿禦寒衣物，讓每個人看起來又長大了一些。養雞場的肉雞，貪睡，減少晨叫，讓社區更加冷寂。空蕩蕩的籃球場，住了冷。輪班休閒的兵團孩童全擠在遊樂園，也沒有人真的在玩遊樂設施。各路小隊員靜靜散亂坐著，看著撲滿灰燼的天空，一句話也沒有多說。

在兵團指揮室裡，高丁問，「小金波，自來水有問題嗎？」

「首領，沒有問題。到目前為主，全都是暢通。二路蓄水池的水線，也還在滿水位。只要偷接的自來水管，沒有被發現斷水，就算雨季之前都不下雨，我們都還有乾淨的水。」小金波回覆。

「豆子，梯田那邊呢？」高丁問。

「雖然被野狗踩壞很多，不過亂長的稻子，還是有長出一些稻草。」豆子說。

「那些稻子呢？」

「報告首領。」二丁搶話。「打下來的稻穀，我們在活動中心裡頭，用吹風機吹了好幾天。現在全都冰在大冷藏庫裡。不多，但還是能每家分配，吃上一小段時間。如果需要，再請郵差幫我們載到外頭的碾米廠，磨出米就可以。之前曬乾的蘿蔔胡瓜，都用老人說的方法醃起來，現在不缺。只是儲存的馬鈴薯，因為要跟巫女交換麵包，有點不夠。」

「首領，我在想……」肉彈支支吾吾，「我在想，為什麼巫女一直都有麵粉？她是從哪裡弄到麵粉的，我們一直都不知道，要不要去搞清楚這件事。」

「知道了，我們要做什麼？」小金波問。

「知道了，我們也去弄那些麵粉，就不怕沒吃的。」肉彈說。

「搶她的麵粉嗎？」豆子微怒。

「如果真的需要，就搶，不然大家吃什麼？」肉彈回嘴。

「如果這樣做，我不就比那些大人還要糟糕。」豆子生氣了。

五人小組，除了皮皮沒有多說話，其他四人吵成一團。直到高丁喊聲制止，指揮室才恢復安寧秩序。

「首領，你說吧，如果真沒吃的，我們還能繼續占領接管社區嗎？」肉彈氣呼呼。

高丁沒有第一時間回應，轉口問二丁，「肉雞的數量，現在怎麼樣？」

「天氣愈來愈冷，雞腿菇長得愈來愈少……」

高丁落入沉思。豆子等了一會，爆發聲量，「高丁，我們組織孩童，成立兵團，是為了什麼，你不要忘了。」

「我沒有忘記。」高丁看著每一位夥伴。「食物的事，不是我最擔心的。討論這些事，是想知道，最近兵團怎麼了？每一路的小孩，大家都怎麼了……」

「首領，你是說，大家最近都變得……」小金波意有所指，「都開始比較被動，變得很消極，是嗎？」

「為什麼變成這樣？」高丁說。

整個指揮室失去對話。冷，更活了，張開嘴，一口口吞食幾個孩童的聲音，連呼吸的鼻息都被冷給嚥下肚果腹。靜默是由豆子打破的，她從憤怒裡平息過來，才對高丁說，「因為，我們只是小孩……」

「首領，兵團不能一直做占領社區的工作，大家需要更多其他活動。」小金波說。

「我們根本不知道，還能占領社區多久，是吧？」豆子說。

「首領，我也有些話……」肉彈說。

「你說，沒關係。」

肉彈停頓了一會，才回說，「沒什麼特別的。郵差和抄電表的都有說，如果我們需要什麼，隨時告訴他們。任何事，如果需要他們，他們都會幫助。我想說的，就是這些事。」

高丁面對二丁，扭轉遲疑好一會，「你呢？」

二丁沒有回答，一直看著兵團指揮室的水泥。彷彿那片灰地裡有天空的顏色，真的會浮現一些回答。

「哥，可以玩一次戰爭遊戲嗎？」

聽二丁叫他，哥。高丁沒有興起怒意，「好，我們玩戰爭遊戲……贏的人，有什麼？」

「輸贏不重要。只要能跟以前一樣玩戰爭遊戲，大家就會開心起來。然後，我們一定可以繼續占領社區，完成行動。」二丁說。

「不，這一次輸贏很重要。」高丁斬釘截鐵說，「小孩沒有真正的遊戲，我們能玩的，只有戰爭……剛好，我們有六個人。分兩組，各帶領上五路跟下五路的小隊員。這一次玩戰爭遊戲，贏的人，要決定，我們小孩要不要繼續占領社區……」

高丁的提議，讓指揮室裡的四人落入沉默。一會後，蹲在鐵窗外的皮皮，出聲說，「高丁，我跟你。」

「首領，我也跟你這一組。」肉彈也開口。

「二丁，豆子、小金波，跟你一起。我們就這樣分組。今天通知各小隊準備，我們明天，玩一整天。」

二丁、豆子、小金波還來不及反應。肉彈又開口說，「放心，你們三個比較聰明。」

皮皮站起身，往大門警衛亭看過去。肩上的孤兒松鼠也看得很深很遠，再多溜轉一圈牠小顆的棕色眼珠，就能從天空的低矮處抖落冷了的灰燼。接著，他突然喊出聲，「來了。」

「皮皮，什麼事？」高丁說。

「泡沫。」

「泡沫？」

「有很多泡沫飛過來了。」

「今天沒有特別行動……從哪裡飛過來的？」

肉彈的質疑，引動孩童走到指揮室外頭。高丁頷頭，身後跟著鬼狗王的靈魂，一起往警衛亭方向探看。在這幾位孩童的注視下，比樹腰低矮的天空處，真的抖落許多顆粒灰燼，遠一點的如粉塵，飄得愈靠近，就膨脹成泡沫。在那些沒有吸食陽光的灰色泡沫底下，走來了一個陌生人。他從遠處，慢慢走向指揮室，身後跟著兩位低著頭的社區孩童。是這一班次在大門站崗的孩童警衛。那位社區外的陌生人，斜背著一個書包，在稍遠的距離上，看起來像是中學生。隨著他靠近指揮室，他就快速長大成高中生、大學生，最後變成一位穿著襯衫和工作制服的年輕公務員。從他的容貌判斷，他應該剛決定，從一位青年變成一位成年人。

「報告首領，這個人說要見你……」一位孩童警衛說。

「我們叫他在警衛亭等，他不聽，硬是要進我們社區，我們兩個攔不住他……」另一個孩童警衛說。

高丁先轉身與肉彈呢喃耳語。肉彈點點頭，快步進入指揮室。

「你是誰？」高丁問。

「我是市公所的公務收發員。」

「你不是。」豆子說，「收發員我見過，是一個老人。」

「他已經死了。我是新的收發員。」

「你只是一個收發員……來社區做什麼？」高丁問。

「我來做什麼？」青年收發員露出不耐煩的質疑，「你們社區不是申請自來水上山？幾個月前就通過了。一直通知你們管委會來市公所開會，都沒有人來。這跟你們小孩沒關係。這個社區沒大人嗎？你們管委會的負責人呢？」

「這個社區，現在由孩童兵團占領，所有的事都由我們負責管理。」豆子說。

「你們小孩占領社區？開什麼玩笑。」

這時，肉彈端出玩具空氣槍，交給高丁。

高丁舉起槍，瞄準眼前的青年收發員，冷冷說，「我們沒有開玩笑。現在，請你先離開，我們兵團討論之後，就會派人到市公所跟你們開會。」

在空氣槍槍口直逼下，青年收發員往後退了一步。他環視一圈，又往前走欺近兩步，火呼呼，「一群小鬼，馬上叫你們大人出來。」

「不要再往前走。我真的會開槍。管委會的主委，就是被這把槍打死的。」高丁說。

「這把是玩具槍，你要嚇誰呢？」青年收發員說。

灰色的泡沫，跟風捲來，任風搖滾。指揮小組裡，沒有人知道是誰誤觸了一路小金波屋頂上的泡沫製造機。高丁瞄準等待的同時，泡沫一顆顆破裂，化成灰燼濕粉，落地之前，由乾空氣接收，完全隱身。青年收發員握緊背包帶，往前跨了一步，撞破了還沒落地的一顆泡沫。

槍聲，又再一次響徹整座新城社區。腳邊的鬼狗王，被無光硝煙驚嚇，緊縮了一回身體。就連扣扳機的撞擊，都穿刺過二路竹林的祕密基地，驚動了泥乳房裡那具只有上半身的孩童屍骸。

青年收發員的上半身，往後退往後仰了。但他那隻踩前一步的腳，沒有向後退。他手掌張開，擋住大半張臉的眼鼻嘴唇。空氣裡沒有硝煙味。這一槍，把兵團指揮室外頭的泡沫全都震破，散溢新鮮沙拉脫的乾淨氣味。青年收發員慢慢張開緊閉的眼皮，先看一下掌心，沒有孔洞，連被ＢＢ彈射傷的豆大紅腫都沒有。他摸摸臉頰，摸摸身體，無感傷痛。嗤的，發出重重鼻息和不屑的氣音。他沒有再多說一字，走近高丁，張開全掌，使勁搧了高丁一巴掌。麻辣辣的刺疼，在高丁臉頰炸開。其他的五人小組和兩位警衛，全都驚訝無語。高丁往後退兩步，站穩之後，立即朝青年收發員連續扣擊扳機。槍聲連連炸開空氣，但沒有任何一槍，一顆子彈，一道空氣貫穿青年收發員的身體，讓他的軀體倒下。青年收發員沒有多話，再往前欺近兩步，扯走玩具手槍，再一連搧了高丁兩巴掌。沒幾秒，新的舊的掌印，脹紅了兩邊臉頰。高丁怒視青年收發員，盯著的雙眼珠，慢慢發紅，長出血絲。淚水瞬間盈滿眼眶，從兩邊眼角淌流下來。

青年收發員回身瞄看四周的孩童。他往前走一步，他們全都往後退一步。

「不要再玩了，全都給我回家去。」青年收發員只說了這一句。

孩童們面面相覷。兩位孩童警衛先轉身，離開時，不停碎碎私語，「哭了，他哭了。」

高丁聽見那些話，揉弄眼角，卻止不住眼淚。他走過青年收發員，走過五人小組。二丁先跟上，接著是肉彈、豆子與小金波。皮皮最後才跳上樹頭，和孤兒松鼠一起尾隨哽咽啜泣的高丁。一行孩童，離開了兵團指揮室，往二路的方向漸漸走遠，留下那位剛接任的青年收發員，和留在原地持續霧光發亮的野狗王靈魂。

高翊峰《泡沫戰爭》
新書簽講會

主講人：高翊峰
時　間：06/05（四）20：00～21：00
地　點：誠品信義店3F Mini Forum
(台北市松高路11號)

洽詢電話：寶瓶文化／
(02)2749-4988

（免費入場，額滿為止）

國家圖書館預行編目資料

泡沫戰爭／高翊峰著. --初版. --臺北市:寶瓶文化, 2014. 05
面； 公分. --(Island；222)
ISBN 978-986-5896-71-3（平裝）

857.7 103007556

island 222

泡沫戰爭

作者／高翊峰

發行人／張寶琴
社長兼總編輯／朱亞君
主編／張純玲・簡伊玲
編輯／賴逸娟・丁慧瑋
美術主編／林慧雯
校對／賴逸娟・陳佩伶・劉素芬・高翊峰
企劃副理／蘇靜玲
業務經理／李婉婷
財務主任／歐素琪 業務專員／林裕翔
出版者／寶瓶文化事業有限公司
地址／台北市110信義區基隆路一段180號8樓
電話／(02)27494988 傳真／(02)27495072
郵政劃撥／19446403 寶瓶文化事業有限公司
印刷廠／世和印製企業有限公司
總經銷／大和書報圖書股份有限公司 電話／(02)89902588
地址／新北市五股工業區五工五路2號 傳真／(02)22997900
E-mail／aquarius@udngroup.com

著作完成日期／二〇一四年三月
初版一刷日期／二〇一四年五月六日

ISBN／978-986-5896-71-3
定價／二九〇元

財團法人|國家文化藝術|基金會 補助創作

AQUARIUS 寶瓶 文化事業

愛書人卡

感謝您熱心的為我們填寫，
對您的意見，我們會認真的加以參考，
希望寶瓶文化推出的每一本書，都能得到您的肯定與永遠的支持。

系列：island 222　**書名：泡沫戰爭**

1. 姓名：＿＿＿＿＿＿＿＿　性別：□男　□女

2. 生日：＿＿年＿＿月＿＿日

3. 教育程度：□大學以上　□大學　□專科　□高中、高職　□高中職以下

4. 職業：＿＿＿＿＿＿＿

5. 聯絡地址：＿＿＿＿＿＿＿＿＿＿＿＿＿＿＿＿＿＿＿＿

   聯絡電話：＿＿＿＿＿＿＿＿　手機：＿＿＿＿＿＿＿＿

6. E-mail信箱：＿＿＿＿＿＿＿＿＿＿＿＿＿＿＿＿

   □同意　□不同意　免費獲得寶瓶文化叢書訊息

7. 購買日期：＿＿ 年 ＿＿ 月 ＿＿日

8. 您得知本書的管道：□報紙／雜誌　□電視／電台　□親友介紹　□逛書店　□網路
   □傳單／海報　□廣告　□其他

9. 您在哪裡買到本書：□書店，店名＿＿＿＿＿　□劃撥　□現場活動　□贈書
   □網路購書，網站名稱：＿＿＿＿＿＿　□其他＿＿＿＿＿

10. 對本書的建議：（請填代號　1. 滿意　2. 尚可　3. 再改進，請提供意見）

    內容：＿＿＿＿＿＿＿＿＿＿＿＿

    封面：＿＿＿＿＿＿＿＿＿＿＿＿

    編排：＿＿＿＿＿＿＿＿＿＿＿＿

    其他：＿＿＿＿＿＿＿＿＿＿＿＿

    綜合意見：＿＿＿＿＿＿＿＿＿＿＿＿＿＿＿＿＿＿＿＿＿＿＿＿＿＿

11. 希望我們未來出版哪一類的書籍：＿＿＿＿＿＿＿＿＿＿＿＿＿＿＿＿

讓文字與書寫的聲音大鳴大放

寶瓶文化事業有限公司

（請沿此虛線剪下）

廣告回函
北區郵政管理局登記
證北台字15345號
免貼郵票

寶瓶文化事業有限公司　收

110台北市信義區基隆路一段180號8樓

8F,180 KEELUNG RD.,SEC.1,

TAIPEI.(110)TAIWAN R.O.C.

（請沿虛線對折後寄回，或傳真至02-27495072。謝謝）